KB173953

글쓰기, 나를 알아가는 기쁨

Writing, The Joy of Learning and Understanding Myself

안미영

한국 현대문학 소설을 전공했으며, 현재 건국대학교 글로컬캠퍼스 교양대학 교수이다. 2002년 동아일보 신춘문예 평론이 당선되어 현장비평도 하고 있다. 평론집으로 『낮은 목소리로 굽어보기』(시와에세이, 2007), 『소설, 의혹과 통찰의 수사학』(케포이북스, 2013 세종우수도서), 『밀레니얼세대 청춘시학』(소명출판, 2022)이 있고 문화콘텐츠를 대상으로 쓴 『문화콘텐츠 비평』(역락, 2022)이 있다. 연구서로 『이상과 그의 시대』(소명출판, 2003), 『전전세대의 전후인식』(역락, 2008), 『이태준, 근대문학을 향한 열망』(소명출판, 2009), 『해방, 비국민의 미완의 서사』(소명출판, 2016), 『잃어버린 목소리, 다시 찾은 목소리』(소명출판, 2017), 『서구문학 수용사』(역락, 2021 대한민국학술원우수도서), 『소설로 읽는 한국근현대문화사』(역락, 2023) 등이 있다.

글쓰기, 나를 알아가는 기쁨

Writing, The Joy of Learning and Understanding Myself

초판1쇄 인쇄 2024년 7월 3일
초판1쇄 발행 2024년 7월 24일

지은이 안미영
펴낸이 이대현
편집 이태곤 권분옥 임애정 강윤경
디자인 안혜진 최선주 강보민
마케팅 박태훈 한주영

펴낸곳 도서출판 역락
출판등록 1999년 4월 19일 제303-2002-000014호
주소 서울시 서초구 동광로 46길 6-6 문창빌딩 2층 (우06589)
전화 02-3409-2060
팩스 02-3409-2059
홈페이지 www.youkrackbooks.com
이메일 youkrack@hanmail.net

ISBN 979-11-6742-834-9 93810

정가는 뒤표지에 있습니다.
잘못된 책은 바꿔드립니다.

이 저서는 2023년도 건국대학교 교내연구비 지원에 의한 결과임

글쓰기, 나를 알아가는 기쁨

Writing, The Joy of Learning and Understanding Myself

안미영

역락

머리말

생성형 인공지능의 시대, 글쓰기는 어떤 의미가 있을까요

글쓰기는 우리 자신을 성장시킬 수 있습니다. 인공지능은 정보를 생성((generate 生成)해 주지만, 우리 자신을 생성(generate 生成)시키지 못합니다. 자신을 가장 잘 아는 것은 바로 자신입니다. 글쓰기는 변화하는 환경에 적응해 나가는 자신을 알아가는 활동입니다. 자신을 아는 데서부터 성장이 시작됩니다. 나 스스로와 통하고, 타인과도 통할 때 성장은 결실을 볼 수 있습니다.

글쓰기는 언어를 통해 기록하는 행위입니다. 언어 자체에는 지식, 신념, 세계관이 녹아 있으며, 이를 분석하고 활용하는 가운데 사유가 깊고 넓어집니다. 언어로 이루어진 세계를 이해하고 다시 언어로 서술해 나가면서 생각하는 힘, 느끼는 힘, 공감하는 힘, 가치를 발견해 나가는 힘이 키워집니다. 현존하고 있음에도 드러내지 못한 '나'의 면면을 발견해 내고, 내면의 지도를 만들어나갈 수 있습니다.

이 책은 세 부분으로 구성되어 있습니다. '내가 성장하는 글쓰기'에서는 자기 형성의 과정으로서 글쓰기, 말하기를 통한 글쓰기, 읽기를 통한 글쓰기를 소개했습니다. 글쓰기는 자기의 형성과정을 돌아보고 나아갈 바를 제시해 줍니다. 글쓰기는 말하기, 읽기와 함께 할 때 더 큰 힘을 발휘합니다. 말하기를 통한 글쓰기는 친교는 물론 탐구 능력을 신장시킬 수 있습니다. 읽기를 통한 글쓰기는 지적 지평을 넓혀나갈 수 있습니다.

'타인에게 통하는 글쓰기'는 사실을 전달할 때와 의견을 전달할 때로 구분했습니다. 사실을 전달할 때는 글에 공공성, 체계성, 핵심적인 특징이 드러나야 합니다. 의견을 전달할 때는 근거가 분명하고 가치가 내재해 있어야 하며, 쟁점을 탐구할 수 있어야 합니다. 다른 사람과 구분되는 개성적인 글을 쓰고 싶다면 무엇보다도 자기 감각을 일깨워야 합니다. 차이 나는 글쓰기에서는 감각을 깨우는 연습과 실제를 실었습니다.

'고수들에게 배우는 시간'에서는 고수들의 글쓰기 전략에 주목해 보았습니다. 웹소설 작가는 자신에게 맞는 것, 자기가 소화해 낸 것을 씁니다. 고전 작가는 인간에 대한 탐구를 통해 자기 안에 깃든 다양한 인간성을 작품에 구현해 냅니다. 에세이스트는 자기성찰에 충실합니다. 자기성찰은 자기 수행(실천)을 염두에 두고, 자신이 있는 공간을 사유하고 서사의 형태로 구체화 시킬 수 있어야 합니다. 세 사람 모두의 공통점은 '자기'를 기반으로 삼고 있다는 것입니다. '나를 알아가는 일'은 글쓰기의 과정이자 자신이 하는 일의 방향성을 제공해 줍니다.

저는 국어국문학을 전공했으며 한국어로 읽고 쓰는 일을 하고 있습니다. 한국어로 쓰인 문학작품을 읽고 그것의 가치를 한국어로 표현하고 있습니다. 처음 강단에 섰을 때부터 지금까지 글쓰기를 가르치고 있습니다. 직접 쓰고, 쓰기를 가르치면서 평소 공유하고 싶은 것을 이 책에 담았습니다. 저의 경험이 글을 쓰고 싶어 하지만 선뜻 실행하지 못하는 누군가에게 작은 길잡이가 되기를 소망합니다. 책이 나오기까지 함께 한 역락출판사 가족들에게도 감사의 마음을 전합니다

2024년 7월 24일 여름을 맞으며

차례

2부 타인에게 통하는 글쓰기

3부

고수들에게 배우는 시간

1부

내가 성장하는 글쓰기

1장

글쓰기, 자기 형성의 과정

1. 사유의 활성화

생성형 인공지능의 시대, 글쓰기는 어떠한 가치가 있을까요. 글쓰기의 가치는 글의 정의에서 알 수 있습니다. 글은 '어떤 생각'을 일정한 형식에 따라 쓴 것으로 '일정한 내용'을 기록한 것입니다. 인공지능은 일정한 내용을 만들 수 있지만 어떤 생각을 스스로 하지 않습니다. '글'은 사유의 도구이며, '글쓰기'는 사유의 과정입니다. 우리는 언어로 사유하며, 모국어는 익숙한 사유 도구입니다.

'쓰는 것'은 '생각하는 것'과 분리되지 않습니다. 글 쓰는 과정을 떠올려 볼까요. 한 문장을 쓰고, 다음 문장을 쓰는 과정에서 사유가 활성화되는 것을 느껴보았을 것입니다. 쓰기 전에는 생각에 그쳤는데, 쓰기 시작하면서 생각이 다양해지고 구체화되는 것을 경험해 보았을 것입니다.

문장은 생각한 것을 드러내는 최소 단위입니다. 한 생각이 한 문장으로, 한 문장의 의미가 다음 생각의 실마리를 제공합니다. 그 과정을 거쳐 형성된 단락이 이어지는 다음 단락에 영향을 미치지요. 글쓰기는 어휘, 문장, 문법, 쓰는 속도가 관건은 아닙니다. 사물을 처음부터 끝까지 '생각하는 힘'이 필요합니다. 자신에게 주어진 조건에서, 관찰하고 분석하며 경험과 연결하는 등 자신의 힘으로 요령을 찾아내는 과정입니다.

글쓰기와 생각하기는 분리되지 않습니다.

❖ 글을 쓰는 과정에서 생각이 만들어집니다.
❖ 글을 쓰는 과정에서 생각은 정리되고 정교해지며 치밀하게 구조화 됩니다.
❖ 글을 쓰는 과정에서 하나의 정해진 답이 아니라 다양한 답들을 찾아내고 해결할 수 있는 능력을 기를 수 있습니다.
❖ 글을 쓰는 과정에서 새로운 정보를 발견해 내고 관점을 갖게 됩니다.

소설가 김영하는 글쓰기를 '자기해방의 힘'으로 소개합니다.

글쓰기는 우리가 잊고 있던, 잊고 싶었던 과거를 생생하게 우리 앞으로 데려다 놓습니다. 이것은 한 인간이 자기의 과거라는 어두운 지하실의 문을 열어젖히는 행위라고 할 수 있습니다. 이런 행위는 왜 필요할까요? 그냥 묻어두면 안 되는 것일까요? 꼭 다시 돌아봐야 하는 것일까요?

글은 한 글자씩 씁니다. 제아무리 빠른 사람도 글자 열 개를 한꺼번에 뿌릴 수 없습니다. 한 글자씩 한 글자씩 써야 단어가 만들어지고 이 단어들이 모여 문장이 됩니다. 그렇게 한 문장 한 문장이 차례대로 쌓여야 글을 끝낼 수 있다는 것은 의외로 중요합니다. 글은 왼쪽에서 오른쪽으로, 한 글자 한 글자 쓰는데요. 이렇게 써나가는 동안 우리에게는 변화가 생기고 이게 축적됩니다. 우리 마음속에 숨겨진 트라우마나 어두운 감정은, 숨어 있기 때문에 무시무시한 것입니다. 막상 커튼을 젖히면 의외로 별 볼 일 없는 것일지도 모르지만, 그렇게 차마 표현하지 못했던 감정을 한 글자 한 글자 언어화하는 동안 우리는 차분하고 냉정하게 그렇게 내려다보게 됩니다.

언어는 논리의 산물이어서 제아무리 복잡한 심경도 언어 고유의 논리에 따라, 즉 말이 되도록 적어야 합니다. 이 과정에서 우리는 좀 더 강해지고 마음속의 어둠과 그것에 대한 막연한 공포가 힘을 잃습니다. 이것이 바로 글쓰기가 가진 자기해방의 힘입니다. 우리 내면의 두려움과 편견, 나약함과 비겁과 맞서는 힘이 거기에서 나옵니다.

- 김영하, 「내면을 지켜라」, 『말하다』, 문학동네, 2018, 58~59면.

나는 어떤 사람이 되고 싶은 가요. 우리는 자신이 하고자 하는 일과 그 일을 할 수 있는 방법을 탐구합니다. 글을 쓰는 과정에서 사유를 통해 자신이 누구이며 무엇을 추구하는지 알게 됩니다. 글은 나를 드러내며 가치를 실현하는 도구입니다. 글쓰기는 개인과 세계에 대해 사유하고 비판하며 대안을 모색할 수 있는 성찰의 장입니다. 우리를 가두고 있는 '보이지 않는 감옥'이 무엇인지 사유하고 발견하여, 자유를 신장시킬 수 있는 탐구 방법입니다.

지식정보화 사회에서 배움의 성격은 바뀌고 있습니다. 지식은 언제 어디서든 검색을 통해 얻을 수 있습니다. 지식의 '양'보다 지식의 '적용과 활용'이 요구됩니다. 공부한 양에 대한 척도는 창의적이고 논리적으로 사고하고 표현하기 위해 얼마나 많이 연습했는가로 바뀌어야 합니다. 글쓰기는 지식의 재생산이 아니라 반성적 사유를 통해 새로운 정보를 만들어 낼 수 있습니다.

2. 내면의 형성

우리는 글을 쓰는 과정에서 내면을 형성해 나갑니다. 독일의 성장소설은 시민사회를 배경으로 개인의 형성 과정을 잘 보여줍니다. 헤르만 헤세(Hermann Karl Hesse, 1877~1962)의 『싯다르타』(1922)와 『나르치스와 골드문트』(1930)는 지식과 지혜의 차이, 개인의 내면이 형성되는 과정을 보여주고 있습니다.

『싯다르타』에서 싯다르타와 고빈다는 그들의 삶을 통해 지혜와 지식의 차이, 그에 이르는 과정을 보여주고 있습니다. 두 사람이 순례의 길을 떠나지만, 싯다르타는 '경험'을 통해 깨달음을 얻고 고빈다는 '현자'를 좇아 깨달음을 배웠습니다. 각자 다른 길을 걷다가 노인이 되어 다시 만납니다. 고빈다는 배움에 여전히 목마른 데 비해 싯다르타가 현자의 평화로움을 보이자, 고빈다는 싯다르타에게 배움을 청합니다. 싯다르타는 '지혜'를 다음과 같이 설명합니다.

지혜라는 것은 남에게 전달될 수 없는 것이라는 사실이네. 지혜란 아무리 현인이 전달하더라도 일단 전달되면 언제나 바보 같은 소리로 들리는 법이야.

지식은 전달할 수가 있지만, 그러나 지혜는 전달할 수가 없는 법이야. 우리는 지혜를 찾아낼 수 있으며, 지혜를 체험할 수 있으며, 지혜를 지니고 다닐 수도 있으며, 지혜로서 기적을 행할 수도 있지만, 그러나 지혜를 말하고 가르칠 수는 없네.

- 헤르만 헤세·박병덕 옮김, 『싯다르타』, 민음사, 1997, 206면

'지식'은 전달할 수 있지만, '지혜'는 전달할 수 없습니다. 그것은 찾아내고 체험하고 행해야 하는 영역이기 때문이지요. '경험'으로 체득한 싯다르타와 달리, '머리'로 배운 고빈다는 늘 가르침에 목말라 했던 것입니다. 헤세가 제시한 '지혜'는 몸으로 읽혀 자기를 단단하게 만들어 나갑니다.

글쓰기는 개인의 내면 형성에 기여합니다. 글쓰기 능력은 정량화하거나 개념화 할 수 없습니다. 꾸준한 실습과 탐구를 통해 만들어진 글쓰기 능력은 지식이 아니라 지혜입니다. 글쓰기를 거듭하

면서 우리는 지식보다 지혜를 체득하게 됩니다. 부단한 수행을 통해 자기 내면을 가꾸고 만들어 나가게 됩니다.

누군가가 '변화'한다고 할 때 이미 그 사람 안에 변화의 가능성은 잠재해 있습니다. 헤르만 헤세는 『나르치스와 골드문트』에서 신의 '완전성'과 대비하여 인간을 '가능성'의 존재로 설명합니다. 자기 가능성을 실현하는 것이 '자아실현'입니다.

완벽한 존재는 곧 신이지. 그밖에 존재하는 모든 사물은 미완의 것이고, 부분적이고, 변화하고, 여러 가지가 섞여 있고, 가능성으로 이루어져 있다네. 그렇지만 신은 여러 가지가 섞여 있는 게 아니라 단일한 존재이고, 가능성이 아니라 순전한 현실성 그 자체지.

하지만 우리 인간은 사라질 존재이고, 변화하는 존재이고, 가능성의 존재지. 우리 인간에게는 완전함도 완벽한 존재도 있을 수 없어. 그렇지만 잠재적인 것이 실현되고 가능성이 현실성으로 바뀔 때 우리 인간은 참된 존재에 참여하게 된다네. 완전한 것, 신적인 것에 한 단계 더 가까워지는 셈이지. 그것이 곧 자아실현이라 할 수 있겠지.

-헤르만 헤세·임홍배 옮김, 『나르치스와 골드문트』,
민음사, 2013, 427~428면.

헤세는 인간을 불완전한 존재가 아니라 '가능성'의 존재로 정의합니다. '자아'에는 '자기 가능성'이 내포되어 있습니다. 가능성은 당면한 상황, 다양한 환경, 함께하는 사람과의 관계 속에서 발현되고 커집니다. 우리는 지식이 아니라 지혜를 쌓기 위해 경험하고 실행해야 합니다. 자신과 만나는 다양한 사건, 상황, 사람들 간의 긴장, 갈등, 상호작용을 통해 잠재된 가능성을 다양한 형태로 가꾸고 키워나갈 수 있습니다.

인간은 사라질 존재이지만, 늘 변화하면서 완전을 향한 길에서 자신을 성장시켜 나갑니다. 자신과 세계 간의 다양한 관계를 통해 자신을 직시하고, 해야 할 일, 함께 해야 할 사람들을 발견하고 찾아 나설 수 있습니다. 가능성은 혼자 있을 때가 아니라 함께 있을 때 발현됩니다. 다양한 외부 세계와 접속함으로써 자신의 가치를 발견하고 자아실현에 이를 수 있습니다. 자기 안에 내재한 가능성을 꺼내기 위해 세계와 주변 사람들에 대해 관심을 기울여야 합니다.

그 과정에서 끊임없이 질문해야 합니다. '내가 잘 할 수 있고 좋아하는 것은 무엇인가', '나는 왜 그것을 좋아하는가', '그것은 내가 살아가는 공동체에 어떤 의미를 지니고 있는가' 내 안에서 스스로 발견한 그 가치야말로 자신의 정체성이며 나 아닌 다른 사람과 구분되는 자기 경쟁력입니다. 글쓰기를 통해 사유하고, 사유를 명료하게 체계화 하는 과정에서 자신을 객관화할 수 있습니다. 우리는 글을 쓰는 과정에서 대상을 탐구할 뿐만 아니라 자신을 성숙하게 단련시킬 수 있습니다.

3. 개성의 발견

글쓰기는 자기를 형성해 나가는 탐구의 과정입니다. 자기 형성의 과정은 개별적으로 이루어집니다. 특정한 형식을 제공할 수 있지만, 내용을 통제할 수 없습니다. 개인이 지닌 각각의 관점에 따라 다양한 스펙트럼으로 나타납니다. 다른 사람과 구별되는 고유의 특성 '개성'은 현란한 문체가 아니라 각자의 관점에서 발생합니다.

윤재철(1953~)은 시 「인디오의 감자」에서 각자의 개성이 곧 공동체의 미래임을 보여주고 있습니다.

텔레비전을 통해 본 안데스산맥
고산지대 인디오의 생활
스페인 정복자들에 쫓겨
깊은 산꼭대기로 숨어든 잉카의 후예들
주식이라며 자루에서 꺼내 보이는
잘디잔 감자가 형형색색
종자가 십여 종이다.
왜 그렇게 뒤섞여 있느냐고 물으니
이놈은 가뭄에 강하고
이놈은 추위에 강하고
이놈은 벌레에 강하고
그래서 아무리 큰 가뭄이 오고

때아니게 추위가 몰아닥쳐도
망치는 법은 없어
먹을 것은 그래도 건질 수 있다니
전제적인 이 문명의 질주가
스스로도 전멸을 입에 올리는 시대
우리가 다시 가야 할 집은 거기 인디오의
잘디잔 것이 형형색색 제각각인
씨감자 속에 있었다.

- 윤재철, 「인디오의 감자」, 『세상의 새로 온 꽃』, 창비, 2004.

고산지대 인디오족이 정복자들의 손에 죽지 않고 오래 살아남을 수 있었던 이유는 무엇일까요. 그것은 획일화되지 않았기 때문입니다. 그들은 감자를 재배하면서, 감자의 품종에 등급과 가치를 매기지 않았습니다. 다양한 감자를 바라보며 어떤 것은 가뭄에 강하고, 어떤 것은 추위에 강하고, 어떤 것은 벌레에 강하다고 각각의 가치를 존중했습니다. 그 결과 그들은 어떤 위기가 닥쳤어도 품종 중 하나는 살아남아 종족을 이어 나갈 수 있었습니다.

'다양성'은 인간이 존재하는 방식이고, 우리 모두가 함께 살아갈 수 있는 방향성입니다. 지식은 다시 새로운 지식으로 대체될 수 있지만, 제각각의 지혜는 대체될 수 없습니다. 개인의 체험으로 만들어진 다양한 개성이 곧 미래 사회의 경쟁력입니다. '형형색색 제각각인 씨감자'가 제각각의 가치를 지니고 공동체의 존속에 기여

했듯이, 획일화로 치닫는 전제적인 미래에 각자의 개성은 새로운 변화와 가능성을 제공할 것입니다.

사람마다 경험의 질과 양은 다양합니다. 동일 대상을 탐구하더라도 다양한 경험으로 인해 개성적 글을 쓸 수 있습니다. 글을 쓸 때 지식이나 논리보다 자신의 '경험'을 통해 접근해 봅시다. 경험이 지닌 실제성은 글에 설득력과 신뢰를 담습니다. 경험의 질서에 따라 글을 쓸 수 있어야 합니다. 자신이 알고 있는 경험을 통해 단어의 개념을 익히고 활용해 봅시다. 자신이 쓰는 활자 전부가 살아있는 경험의 산물이 된다면, 개성이라는 경쟁력을 갖출 수 있습니다.

릴케(Rainer Maria Rilke, 1875~1926)는 젊은이들에게 다음과 같이 격려를 보냅니다. 조급해 하지 말고, 자신이 직면한 문제를 수용하고 살면서 배워나가라고 말입니다. 그 과정에서 해답을 살아내고 있는 자신을 발견할 수 있다고 말입니다.

당신은 참으로 젊습니다. 당신은 모든 시작을 앞에 두고 있는 사람입니다. 그러기에 나는 내가 할 수 있는 한 당신에게 이런 부탁을 드리고 싶습니다. 그것은 다름 아니라 당신의 가슴 속에 풀리지 않은 채로 있는 문제들에 대해서 인내심을 갖고 대하라는 것과 그 문제들 자체를 굳게 닫힌 방이나 지극히 낯선 말로 적힌 책처럼 사랑하려고 노력하라는 것입니다.

당장 해답을 구하려 들지 마십시오. 아무리 노력해도 당신은 그 해답을 구하지 못할 것입니다. 왜냐하면 당신은 아직 그 해답

> 을 직접 체험하지 못했기 때문입니다. 그러므로 모든 것을 직접 몸으로 살아보는 것이 중요합니다. 이제부터 당신의 궁금한 문제들을 직접 몸으로 살아 보십시오. 그러면 먼 어느 날 자신도 모르게 자신이 해답 속에 들어와 살고 있음을 깨닫게 될 것입니다.
>
> - 라이너 마리아 릴케·김재혁 옮김,
> 『젊은 시인에게 보내는 편지』, 고려대학교출판문화원, 2023, 40면.

4. 정보화 시대 글의 정의와 구성

우리는 하루라도 SNS, 메일, 문자 보내기 등 글을 쓰지 않는 날이 없습니다. 모바일 문자, 카카오 톡, 페이스북, 전자 메일 등 웹상의 글쓰기는 익숙한 일상입니다. 정보 전달이 일상화되었지만, 글을 잘 쓰지는 못합니다. 왜 그럴까요. 많은 정보가 오고 가지만, 정확하게 알고 있는 것이 많지 않기 때문이지요. 깊이있는 내용을 전달하지 않기 때문입니다.

글의 전달력을 내용과 형식의 면에서 살펴보겠습니다. 우선, 내용의 측면에서 전하려는 내용을 명확하게 아는 것이 필요합니다. 문장이 모호한 이유는 글쓴이가 말하려는 바를 제대로 생각하지 않았다는 것이며, 내용을 충분히 알고 있지 못하기 때문입니다. 내용을 명확하게 알기 위해서는 어휘 외에 정보를 주고 받는 과정과 맥락에 주의해야 합니다. 다음 사항에 유의합시다.

❖ 문자든 보고서든 글을 쓸 때는 반드시 목적이 있으니 글을 쓰는 목적을 점검합니다. 기껏 열심히 썼는데 목적에 맞지 않다면 전달의 기회마저 잃게 됩니다. 글을 읽는 대상이 요구하는 바가 무엇인지 파악하고 이를 바탕으로 글의 내용을 구성해 봅시다.

❖ 단어를 쓸 때 그 개념을 명확히 이해하고 써 봅시다. 자의적으로 단어를 쓰게 되면 의미의 불명확성으로 말미암아 전달력이 떨어집니다. 평소 말을 하거나 글을 쓸 때 단어의 개념을 자기 것으로 만드는 노력을 기울여야 합니다.

❖ 문장과 문장이 만들어내는 맥락을 이해하면서 읽고 써야 합니다. 문맥을 놓치면 글의 방향성이 흐트러지고 전달력을 잃습니다. 문장과 문장의 연결이 긴밀하지 않으면 지면만 차지하는 장황한 글이 될 수 있지요. 연결을 산만하게 할 여지가 있는 문구는 빼도록 합시다.

❖ 단락과 단락이 만들어내는 맥락을 이해하면서 읽고 써야 합니다. 길게 쓴다고 좋은 글이 아니지요. 필요한 내용을 필요한 분량으로 기술해야 합니다. 한 단락을 쓰고 다음 단락을 쓸 때, 반드시 앞 단락을 읽어본 후 단락 간의 연결 논리를 확인해 봅시다.

다음으로 형식의 측면에서 글을 구성하는 '문장', '단락', '글'의 기능과 역할을 알아야 합니다.

❖ 문장은 '주어'를 전제로 써야 합니다. 말은 발화자가 눈에 보이므로 주어를 쓰지 않아도 소통에 무리가 없지만, 글에서는 문

장으로 제시되므로 서술의 주체를 주어로 명시해 주어야 합니다. '말'은 발화 상황과 발화자의 표정을 통해 정보를 인지할 수 있지만, '글'은 문장만으로 전달되므로 주어를 비롯한 구체적인 어휘를 써야 합니다.

❖ **문장은 '정보'를 담고 있습니다.** 정보는 전달을 지향한다는 점에서, 제3자가 이해할 수 있도록 제시되어야 합니다. 전달력을 확보하기 위해 문장은 간결하고 쉽게 제시되어야 합니다. 문장은 완결된 내용을 표현하는 글의 기본 단위로서, 한 문장은 다른 문장과 중복되지 않은 정보로 구성되어야 합니다.

❖ **단락은 내적 통일성, 단락 간 유기성을 염두에 두고 써야 합니다.** 어떤 주제를 제대로 알기 위해서는 다양한 정보들이 필요하며, 정보가 효과적으로 전달되기 위해서는 단락 구분을 통해 체계적으로 서술해야 합니다. 한 편의 글에서 단락은 중심 내용을 담은 문장과 뒷받침 내용을 담은 몇 개의 문장으로 구성됩니다.

지금까지 글의 전달력을 갖추기 위해 내용, 형식 두 가지 측면에서 살펴보았습니다. 이를 요약하면 다음과 같습니다.

◆ 글은 '정보'이다

- 정보는 전달력이 있어야 합니다.
- 전달력을 높이기 위해 문장은 간결하고, 쉽게 써야 합니다.
- 정보는 정확해야 합니다.

- 정확한 정보를 제공하기 위해서는 글쓰는 사람이 정확하게 알고 정확한 어휘를 선택해야 합니다.

◆ 단락 쓰기

- 한 단락을 구성하는 내용(문장)은 통일성이 있어야 합니다.
- 한 단락에는 적지 않은 읽을거리, 정보들로 구성되어야 합니다.(보통 5개 내외)
- 정보는 중복되지 않아야 하며, 각기 새로운 내용들로 구성되어야 합니다.
- 앞 단락과 뒷 단락의 구성이 점진적이고 유기적이어야 합니다.

◆ 문장 쓰기

- 한 문장에는 정보가 과잉되지 않도록 한 가지 정보가 들어가는 것이 좋습니다
- 정보의 전달을 돕기 위해 주어는 가급적 사람으로 쓰는 것이 좋습니다.
- 강조할 경우, 사람 대신 강조하는 대상을 주어로 쓸 수 있습니다.
- 주어와 서술어의 호응구조를 유지해야 합니다.

5. 생성형 인공지능의 활용과 지성인의 글쓰기

생성형 AI를 비롯한 기술의 발달은 창작을 비롯한 글쓰기에도 들어왔습니다. ChatGPT는 OpenAI가 개발한 프로토타입 대화형 인공지능 챗봇입니다. 생성형 AI에게 명령어를 통해 필요한 형식

의 글을 요구하고 얻을 수 있습니다. 2022년 11월 30일 출시 이래 1년 안에 상용화 되고 있습니다. 2023년 5월 행정안전부는 공무원을 위한 '챗GPT 활용방법 및 주의사항 안내서'를 배포한 바 있으며, 대학도 ChatGPT 활용을 용인하며 학습자에게 효과적인 활용 방안을 제시하고 있습니다.

2023년 3월 고려대학교는 가이드라인과 함께 학습자가 본인의 학습 효과를 높이고 긍정적인 교육적 경험을 하기 위해 ChatGPT와 같은 생성형 AI(generative AI)를 활용할 수 있는 권리의 보장을 제안했습니다.[1] 2023년 초반부터 각 대학에서는 대학교육에 AI 활용을 위한 윤리강령과 가이드라인을 제시했습니다. 부산대학교[2], 국민대학교[3] 등에서는 윤리강령을 선포했으며 가톨릭대학교, 경희대학교, 고려대학교, 성균관대학교, 이화여자대학교, 중앙대학교, UNIST 등 여러 대학에서 가이드라인을 제시했습니다. 대학에서 명시한 ChatGPT에 대한 개념 규정은 다음과 같습니다.[4]

- 생성형 인공지능(Generative AI)이란 **주어진 콘텐츠**(텍스트, 이미지, 오디오, 비디오, 코드 등)**를 학습하여, 기존의 것과는 다른 유사 콘텐츠들을 만들어내는 인공지능**을 일컬음.
- ChatGPT는 Chat과 GPT(Generative Pre-trained Transformer)의 합성어로, **문서 생성에 특화된 생성형 인공지능**임.

(고려대)

- ChatGPT는 대표적인 생성형 AI 기술의 하나로서 이미지, 비디오, 오디오, 텍스트 등을 포함한 **대량의 데이터를 학습하여**

사람과 유사한 방식으로 문맥과 의미를 이해하고 새로운 데이터를 자동으로 생성해주는 기술을 의미한다.

(경희대)

- 생성형 AI(Generative AI)는 인간과 유사한 방식으로 자연어를 이해하고 생성하는 능력을 갖춘 인공지능을 의미합니다.
- 생성형 AI는 대량의 데이터와 통계 모델을 기반으로 작동하며, 데이터를 학습하여 자체적으로 패턴을 인지하고 이해할 수 있기 때문에 문장을 생성하거나 텍스트를 번역하고 요약하는 등의 작업을 수행할 수 있습니다. 또한 음악, 그림, 영상 등의 창작 작업에서 창의적인 콘텐츠도 생성할 수 있습니다.

(이화여대)

- 생성형 AI란 인공신경망을 이용하여 새로운 데이터를 생성해내는 기술로 명령어를 통해 사용자의 의도를 스스로 이해하고 주어진 데이터로 학습, 활용하여 텍스트, 이미지, 오디오, 비디오 등 새로운 콘텐츠를 생성해내는 인공지능이다.

(중앙대)

- 생성형 AI는 사용자의 "프롬프트에 대응하여 텍스트, 이미지, 또는 다른 미디어를 생성할 수 있는 인공지능 시스템의 한 종류입니다."("Generative artificial intelligence", 2023)

(UNIST)

대학에서 주목한 기능은 '생성 기능'입니다. 사람과 유사한 방식으로 문맥과 의미를 이해하고 데이터를 자동으로 생성해 냅니다. 사용자의 명령을 이해하고, 주어진 데이터로 학습 활용하여 새로운 콘텐츠를 만들어 냅니다. 인간과 유사한 방식으로 언어를 이해하고 생성해 내는 능력을 갖추고 있습니다. 그렇다면, 명령어를 만들고 질문하는 능력이 글쓰기를 대신할 수 있을까요. 질문 능력이 글쓰기 능력을 대체할 수는 없습니다.

앞서 살펴본 바와 같이 글쓰기는 사유의 활성화, 내면의 형성, 개성의 발견 과정입니다. 정보의 형성과 축적이 한 개인의 성장과 성숙을 대체할 수는 없습니다. '쓰기'와 '읽기'가 갖추어지지 않은 상태에서는 고도의 도구, 인공지능도 무의미합니다. 필요한 글의 수준을 제대로 알고 있지 못하면, 질문할 수도 없습니다. 질문하기 위해서는 글의 수준을 판별할 수 있는 독해력과 분별력을 갖추고 있어야 합니다. 설령 질문으로 글을 얻었더라도 제대로 읽지 못한다면, 현장에 활용할 수 없습니다.

AI 기술의 발달로 정보는 다량으로 생성 유포되고 있습니다. 그 결과 정보 과잉의 시대에 살고 있습니다. 과학기술이 발달한 만큼, 활용 주체의 문해력도 증진되어야 합니다. AI기술로 얻은 결과물을 검증하고 책임질 수 있어야 합니다. 자기검증 없이 수용된 정보는 주체의 사유 능력을 저하하고, 세계와 타자에 대한 대항과 차별의 능력을 퇴화시킵니다.

ChatGPT의 장점을 활용하되 주의사항도 숙지해야 합니다. 우선 장점은 다음과 같습니다. 첫째, 언제 어디서나 방대한 자료를 얻을 수 있습니다. 둘째, 개인 조교로서 질문에 대한 빠른 답변을 얻을 수 있습니다. 반면 다음과 같은 주의사항을 숙지해야 합니다. 첫째, 교육 및 학습 효과에 저해되지 않도록 보조 도구로 활용해야 합니다. 둘째, 결과물에 대한 자기 검증 과정을 거쳐야 합니다. 셋째, 민감한 개인 정보와 기밀사항은 다루지 않아야 합니다.

ChatGPT를 비롯한 새로운 AI 도구는 지속적으로 출현할 것이며, 도구의 활용에서도 글쓰기 윤리를 준수해야 합니다. 정직한 활용과 학습을 통해 자기 결과물에 대한 책무를 지녀야 합니다. 생성형 AI의 사용에 대한 출처를 명확히 표기해야 합니다. ChatGPT 사용에 대한 출처를 표기하지 않거나, ChatGPT 산출 결과물을 그대로 활용하는 등 부적절한 사용은 부정행위입니다. 출처에는 프롬프트 실행 날짜, 프롬프트 내용, 생성된 결과물, 사용한 생성형 AI 유형 등을 명시하도록 합시다.

출처 표기 예)

- 텍스트 생성형 AI를 활용한 경우

ChatGPT3.5(2024. 05. 01). "프롬프트 내용." OpenAI의 Chat GPT3.5를 이용하여 생성 또는 작성함.

https://chat.openai.com/

• 이미지 생성형 AI를 활용한 경우

Stable Diffusion (2024. 05. 01). "프롬프트 내용." Stable Diffusion 온라인을 이용하여 생성 또는 작성함.

https://stablediffusionweb.com/

글은 잘 쓰는 것보다 정직하게 써야 합니다. 아무리 좋은 글이라도 글쓰기 주체의 윤리가 문제시 될 경우, 글은 가차 없이 폐기될 뿐 아니라 글쓴이의 이력에 치명적인 오점을 남기게 됩니다. 자신의 아이디어가 소중하듯이, 다른 사람의 아이디어를 무단으로 활용해서는 안 됩니다. 참고문헌과 각주를 통해 자료를 어디에서 가져온 것인지 밝혀주어야 합니다.

지식정보화 사회에서 정보(글)는 생산, 유통, 소비의 구도를 지닙니다. 정보는 미디어와 결합을 통해 확산과 조작이 쉬워졌습니다. 자료를 찾을 때 오프라인보다 온라인으로 유통되는 자료를 더 많이 접합니다. 같은 방식으로, 우리가 쓴 글 역시 온라인으로 유통됩니다. 새로운 정보를 검색하고 활용하는 데서부터 새로운 정보를 만들어 유통하는데 이르기까지 온라인 유통구조에 의존합니다.

근대 인쇄술의 발명이 글의 대량생산과 유통에 혁신을 몰고 왔듯이, 정보화 사회에서 온라인 유통구조는 정보의 대중화와 더불어 글쓰기의 윤리 문제를 초래합니다. 정직한 글쓰기는 글쓰기 역량을 길러줄 뿐 아니라 글쓴이의 지적인 성실함을 보여주는 미덕입니다. 우리는 지성인으로서 글쓰기 윤리를 내면화하고 스스로 실천해야 합니다.

지식 정보화 사회에서 지성인의 글쓰기는 어떠해야 할까요. 지식(知識)이 배우거나 실천을 통해 얻은 인식이나 이해를 의미한다면, 지성(知性)은 지각된 것을 정리하고 통일하여 이것을 바탕으로 새로운 인식을 낳게 하는 정신 작용입니다. ChatGPT를 비롯한 첨단 과학기술을 활용해야 하는 시점에서, 우리는 이해와 학습에 그치지 않고, 이를 바탕으로 새로운 인식을 만들어 낼 수 있는 정신 활동을 해야 합니다. 알게 된 지식을 다시 의심해 보고, 질문해 볼 수 있어야 합니다. 그 과정에서 새로운 지식을 만들어 내고, 그것이 어디에 기반을 둔 것인지 정직하게 드러낼 수 있어야 합니다.

글쓰기는 자기 형성의 과정입니다. ChatGPT는 정보를 형성해 주지만, '자기(자아)'를 형성해 주지 않습니다. 개인의 사고력을 향상시키거나 풍부한 내면의 소유자로 만들어내지 않습니다. 자기 안에 잠재해 있는 다양한 가능성을 일깨우고 타인과 구분되는 자기 개성을 발견하도록 자극하지 않습니다. 글쓰기는 자기 응시를 통해 사유를 활성화하고 내면을 형성하며 개성을 발견하도록 인도합니다. 과학이 발달할수록 더 높은 지성이 요구되며, 글쓰기는 우리의 지성을 고양시킬 수 있습니다.

2장

말하기를 통한 글쓰기

1. '쓰기 위한 말하기' 효과와 활동

'쓰기 위한 말하기' 효과

말하기를 통한 글쓰기 활동은 글쓰기 혹은 말하기만이 아니라 탐구능력을 키울 수 있습니다. 우리는 상황과 조건에 따라 직접 알고 싶은 정보를 질문하고 들으면서 글로 정리할 수 있습니다. '쓰기 위한 말하기' 활동은 의사소통역량 증진의 관점에서 세 가지 효과가 있습니다.

❖ 태도와 공감의 가치를 배울 수 있습니다.

말 잘하기가 아니라 타인과 '소통'하기에 초점을 맞추도록 합시다. 표정, 어투, 호감 등 상대에 대해 관심과 애정을 보일수록, 질문의 방식과 내용이 신선하고 다양해 집니다. 상대를 존중하는 태도와 공감은 대화의 질과 결과를 좌우합니다.

❖ 듣기와 질문하기 능력을 증진 시킬 수 있습니다.

대화는 질문도 중요하지만 타인의 말을 얼마나 잘 이해하느냐도 중요합니다. 말하는 사람이 장황하게 답변하거나 다른 길로 빠진다면 들으면서 다시 원래의 질문으로 유도할 수 있어야 합니다. 잘 듣고 이해한 만큼 대상에 대한 정보를 명확하게 알 수 있습니다. 질문 능력에 따라 정보의 양과 질이 달라짐을 확인함으로써 대화 기술이 증진됩니다. '왜'와 '어떻게'를 질문함으로써 배경, 맥락, 형성과정과 같은 추가정보까지 얻을 수 있습니다.

❖ 자기성찰 및 인성 함양에 도움을 줍니다.

질문과 응답의 상호작용을 통해 우리는 타인와 자신의 삶을 비교하고 자신을 돌아볼 수 있습니다. 경청을 통해 이해한 것을 객관화된 형태로 서술하는 과정에서 자신을 성찰할 수 있습니다. 대화에서 타인에 대한 이해와 배려를 전제로 할 때 교감능력이 증진되고 인성을 도야할 수 있습니다.

단계별 활동

대화는 가까운 거리에서 두 사람이 마주 대하여 이야기를 주고받는 행위입니다. 특정 미디어나 도구에 의존하지 않고 얼굴과 얼굴로 마주하는 대화는 정보를 얻는 가장 기본적이고 정직한 방법입니다. '쓰기 위한 말하기'는 세 단계로 진행됩니다.

❖ 첫 단계는 질문을 던지고 답변을 듣습니다. 첫 번째 단계는 '말하기'와 '듣기' 활동으로 이루어지지만, 다음 단계인 쓰기와 퇴고를 거치면서 '말하기', '듣기', '쓰기', '읽기' 활동 전 과정을 거치

게 됩니다.

❖ 둘째 단계는 질문을 통해 얻게 된 정보나 지식을 다시 자신의 관점에서 재구성하는 단계입니다. 이 과정에서 새로운 질문을 통해 추가 정보를 얻을 수 있습니다.

❖ 셋째 단계는 한 편의 글을 작성합니다.

글은 두 사람의 대화 내용을 벗어나 객관적인 소통을 지향합니다. 객관화된 정보는 제3자가 읽고 공적인 소통으로 확산됩니다.

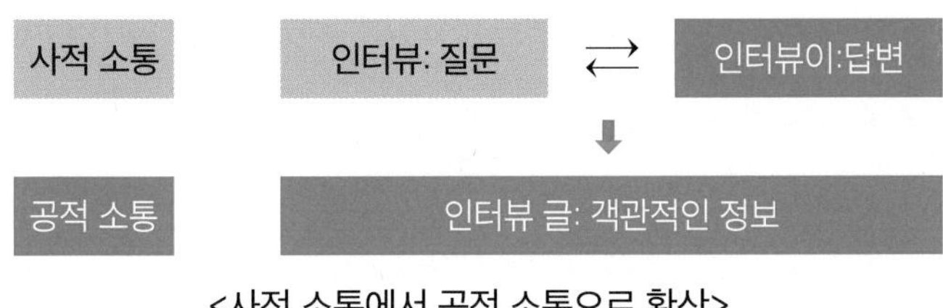

<사적 소통에서 공적 소통으로 확산>

잘 전달될 수 있도록 문장과 단락을 기능에 맞게 쓸 수 있어야 합니다. 정보를 만드는 과정에서 자신을 대상(주제)에 견주어 보며 반성적으로 사고할 수 있습니다. 가까이 있는 사람과 대화를 나누고 직접 연습해 봅시다. 3단계를 4단계로 세분해서 활동을 소개하겠습니다.

단계	절차	활동
1단계	말하기(질문)	• 알고 싶은 정보(주제) 선정 • 정보를 알기 위한 질문 항목 만들기 • 정보의 질과 양을 확보하기 위해 추가 질문으로 다양한 정보 얻기
		⬇
2단계	글쓰기	• 질문과 답변을 바탕으로 정보(주제)에 대한 글쓰기 • 질문 항목 1개에 대한 답변 내용을 한 단락으로 서술하기 • 단락의 정보 양을 일정하게 유지하기(대상에 대한 글쓴이의 균형적 시각과 객관적 태도 유지) • 완성된 글에서 내용의 특징을 반영하는 적절한 제목 만들기
		⬇
3단계	문장, 단락, 글에 대한 이해	• 문장, 단락, 글의 기능 이해 • 문장, 단락, 글의 유기적 관계 이해
		⬇
4단계	고쳐 쓰기	• 말을 통해 얻은 정보가 객관적으로 정리되었는지, 다루는 정보의 특징이 제시되었는지 내용 점검하기 • 맞춤법, 글의 구성, 전개 방식 바로잡기 • 완성된 글을 대상으로 퇴고를 통한 고쳐 쓰기 • 시간적 간격을 두고 다른 장소에서 자신이 쓴 글을 읽고 고쳐보기

2. 말하기를 통한 글쓰기 실제: 쉼이란

1단계 말하기(대화) 활동의 예시를 들어보겠습니다. 이 글에서는 '쉼은 무엇인가'라는 주제로 질문 항목을 구성해 보았습니다. 질문 항목은 구체적일수록 풍성하고 새로운 정보를 얻을 수 있습니다. 단락에서 일정 양의 정보를 구성하기 위해 대화 중 다양한 방식의 질문을 구사할 필요가 있습니다.

범주	질문 예시
언제	• 나는 언제 쉬나요 • 가장 기억에 남는 쉼은 언제인가요 • 최근 쉬었던 것은 언제인가요
어디서	• 나는 주로 어디에서 쉬나요 • 가장 기억에 남는 쉼터는 어디였나요 • 최근 쉬었던 장소는 어디인가요
무엇	• 나는 무엇을 하며 쉬나요 • 쉴 때 가장 기억에 남는 활동은 무엇인가요 • 최근 쉬면서 했던 일은 무엇인가요
왜	• 쉼은 나에게 어떤 의미가 있나요 • 쉬기 전과 쉬고 난 후, 나는 어떻게 달라졌나요 • 나를 포함하여 사람들에게 쉼이 필요한 이유는 무엇일까요
정의	• 쉼에 대한 정의를 내려 봅시다 • 쉼은 내 삶에서 어떤 의미와 가치를 지니고 있나요 • 쉼과 반대되는 활동은 무엇인가요. 두 활동의 공통점과 차이점 비교를 통해 각 활동의 의의를 말해 봅시다

'쉼은 무엇인가'라는 주제로 질문하고 들은 내용을 토대로 글을 완성했습니다.

'쉼'은 '멈추는 것'이 아니라 '나를 돌아보는 시간'이다

일을 앞두면 쉬고 싶어진다. 지난 학기에도 중간고사 기간에 드라마 정주행 했다. 그런데 쉬는 게 쉬는 것이 아니었다. 드라마가 끝나는 순간, 쉼에서 에너지를 얻기는커녕 더 큰 피로감에 빠졌다. 쉬었다고 생각했던 것이 쉬는 것이 아니었고, 부담스러운 일을 '잊기 위한 활동'이었다. '쉬는 것'에 대한 의미를 다시 생각해 보았다. 쉼(쉰다)은 일(일한다)의 반의어로 여겨지곤 하는데, 일과의 관계를 넘어서서 삶이라는 큰 틀에서 사유할 필요가 있다.

친구들에게 '쉼'이 무엇인지 물어보았다. A는 휴식이라고 답했고, B는 혼자만의 시간을 가지는 것이라고 했으며, C는 하던 일을 멈추고 몸과 마음을 비우는 일이라고 했으며, D는 힘들게 일한 자신을 다독이며 위로하는 시간이라고 말해주었다. A, B, C, D의 공통점은 쉼을 외부로부터 거리를 두어 '자신'에게 집중하는 시간이라는 점이다. 단순히 일의 중단이 아니라 자신의 몸과 마음을 돌아보는 시간이었다.

우리 '삶'에서 쉼은 무엇인가, 어떠한 가치가 있는가, 어떻게 쉬어야 하는가. 다시 나에게 질문을 던졌다. 언제 쉬는가, 어디서 쉬는가, 무엇을 하며 쉬는가. 왜 쉬는가. 일을 앞두고 드라마 정주행은 쉬는 것이 아니라 일을 미루는 것이었다. 그것은 자신을 돌보는 활동이 아니기 때문이다. 일을 마치고 몸과 마음이 여유를 지닐 때 온전한 쉼을 누릴 수 있다. 그때는 여행을 가도 좋고, 집 앞을 산책해도 좋다. 자신의 몸과 마음을 돌아보고 다독일 수 있다면, 특별한 활동을 해도 좋고 아무것도 하지 않아도 좋다.

쉼은 어떤 제약도 없이 온전히 '나'에게 집중하는 시간이다. 때로는 맛있는 음식으로, 여행으로, 평소 하지 않았던 경험으로, 나에게 집중하는 방법은 다양하다. '나'에게 집중해서 내 안의 다양한 목소리와 정서에 집중하고 그것을 드러낼 수 있도록 하는 시간이다. 내 안에 잠재해 있는 다른 가능성을 발견할 수도 있고, 내 안에 갇혀 있던 억눌린 자아를 회복할 수도 있다.

쉼은 일의 반대말이 아니다. 좋아하는 일을 할 때 일을 통해 자신을 돌아보고 자신의 가치를 발견할 수도 있기 때문이다. 쉼은 일과 분리되기도 하고, 합치될 때도 있다. 우리는 쉬는 과정에서 새로운 일을 발견할 수도 있고, 일과 자신의 일치감 속에서 자존감과 보상같은 휴식을 맛볼 수도 있다. 나의 삶은 일과 쉼이 고루 들어있으며, 때로는 두 가지다 분리되지 않고 서로 영향을 주고 받는다.

쉼은 '일의 멈춤'이 아니다. 우리의 관심과 에너지를 자신에게 돌려주는 시간이다. 과중한 일을 잊기 위한 멈춤이 아니라 나를 돌아보고 돌보는 시간이어야 한다. 내가 새로운 세계에 눈뜨기를 원한다면 여행 가방을 쌀 것이고, 내가 잠을 원한다면 눈을 감고 꿈나라로 가는 것이다. 자신에게 온전히 집중할 때 쉼을 경험하고 우리를 둘러싼 다양한 관계와 일들로부터 해방되며 새로운 가능성을 발견할 수도 있다. 쉼을 방해받지 않도록, 일을 피하는 것이 아니라 내려놓을 수 있는 용기도 가져야 겠다.

안미영, 한국사고와표현학회 2024.7 웹편지 기고글

대화를 통해 들은 것, 말을 글로 옮기는 과정에서 글의 구성을 자연스럽게 터득할 수 있습니다. 글에서 질문 항목은 각 단락의 주제문이 되며, '질문'과 '답변'이 단락을 구성합니다. 글쓰기에서는 글의 기본 구조를 염두에 두고, 문장·단락·글을 유기적이고 점진적으로 구성합니다. 단락은 많은 정보의 문장으로 구성되기보다 한 가지에 초점을 두어 상세히 기술되어야 합니다. 각 단락은 주제의 다양한 면모가 체계적으로 전달될 수 있도록 단락과 단락의 긴밀성을 고려해야 합니다.

한 편의 글이 완성되었으면 제목을 만들어 봅니다. 내용의 특징을 가장 효과적으로 드러낼 만한 것을 제목으로 삼습니다. 퇴고 과정에서는 문장과 문장의 연결, 단락과 단락의 구성, 글 전체를 포괄하는 제목의 순서로 읽고 고쳐봅니다. 2차 퇴고는 시간적인 거리를 두어 다른 장소에서 해 봅니다. 시간과 공간적 거리를 확보하면 글을 좀 더 객관적으로 검토할 수 있습니다.

3. 말하기를 통한 글쓰기 실제: 행복이란

이번에는 '행복'에 관해 대화를 나누어 보겠습니다. 우선 '행복'을 무엇이라고 생각하는지 질문을 던져봅시다. 갑작스럽고 낯선 질문에 답변을 쉽게 하지 않을 수 있습니다. 그렇다면 다시 질문의 방식을 바꾸어 봅시다.

'지금까지 경험했던 일 중에서 가장 기뻤던 일은 무엇인가요'. 답변을 들으면서, '우리는 그 일이 언제, 어디에서 있었던 일인가요'라고 되물을 수 있습니다. '왜 그런 느낌을 받게 되었는가'도 물을 수 있습니다. 질문과 응답 과정에서 각자 자신이 생각하는 '행복'에 대한 정의를 확인할 수 있습니다.

말하기 활동

질문 1 '행복을 무엇이라고 생각합니까'
질문 2 '지금까지 경험했던 일 중에서 가장 기뻤던 일은 무엇입니까'
질문 3 '그 경험은 언제, 어디에서, 어떻게 하게 되었나요'
질문 4 '다른 경험도 많을 텐데, 왜 그것이 가장 큰 기쁨으로 남아있나요'
질문 5 '기뻤던 경험을 떠올리며, 자신이 생각하는 행복에 관한 정의를 내려보세요'

말하기 활동을 통해 우리는 각자 자신이 생각하는 행복이 무엇인지 탐구할 수 있습니다. 앞서도 언급했지만, 말하기는 특별한 도구나 환경의 제약을 받지 않으며 어디서나 할 수 있습니다. 필요하면 질문의 내용을 바꾸어 자신이 원하는 방향으로 고쳐 말할 수도 있습니다. 대화 과정에서 다양한 추가 질문을 통해 풍부한 정보를 제공받을 수 있습니다. 말을 하면 이어서 응답을 받는 상호피드백의 과정에서 상대와 친밀함을 느낄 수도 있습니다.

'당신은 행복을 무엇이라고 생각하나요?'라는 주제로 서로 질문하고 답하는 과정에서 다음과 같은 글을 쓸 수 있습니다.

자신이 채우고 싶은 것이 있다면, 이미 당신은 행복한 사람입니다

나는 행복에 관해 깊게 생각해 본 적이 없다. 친구와 대화를 나누면서 코로나 시기의 일이 떠올랐다. 당시에는 코로나로 인해 바깥에 나갈 일도 없었고 나갈 엄두도 낼 수 없었다. 그런데 친구가 강릉 여행을 제안했다. 부모님의 우려에도 불구하고 우리는 마스크로 무장하고 강릉 여행을 떠났다.

숙소 앞에 펼쳐진 푸른 바다를 보니 그간의 답답했던 마음이 확 트였다. 하늘은 구름 한 점 없이 맑았고 파도는 하얗게 부서지면서 끊임없이 모래사장으로 향했다. 자연이 주는 경쾌한 풍경을 눈에 담으며 코로나도 언젠가는 끝날 것이라는 희망이 생겼다. 생각 없이 친구를 따라온 여행이지만 답답했던 일상에 활기를 되찾고 새로운 희망을 불어넣을 수 있었다.

이러한 경험을 떠올리며 나는 행복을 다음과 같이 정의해 본다. 행복은 설렘과 희망이라는 생각을 했다. 행복은 사람마다 다를 것이다. 우리 삶에서 기쁨과 슬픔은 파도처럼 왔다가 가겠지만, 그곳에서 설렘과 희망을 찾을 수 있다면 '행복한 사람'이 될 수 있다. 행복은 누군가에 의해 주어지는 것이 아니라 스스로 발견하는 것이고 찾는 것이니까 말이다.

행복의 사전적 정의를 찾아 보았다. 행복은 "사람이 생활 속에서 기쁘고 즐겁고 만족을 느끼는 상태에 있는 것"이다. 생활 속에서 '기쁘고', '즐겁고', '만족을 느끼'는 상태가 지속되기는 힘들다. 기쁨, 즐거움, 만족이 지속된다면 그것은 다시 일상이 되고 말 것이다. 기쁨, 즐거움, 만족은 바라는 것이 있고, 그것이 채

워질 때 오는 감정이기에 채운 뒤에도 지속적으로 남아있기 어렵다.

행복에 관한 질문은 '자신이 채우고 싶은 것은 무엇인가'로 바뀌어야 한다. 자신에게 희망하고 바라는 꿈이 있는지를 물어야 한다. 채우고 싶은 것이 있다면, 희망하고 바라는 꿈이 존재한다면, 거기에서 이미 행복이 시작된 것이다. 코로나 시기, 여행은 자유에 대한 갈증을 채워 주었고 코로나 이후의 삶에 대한 희망을 심어주었다. 행복은 스스로 찾고 발견해야 하는 것이다.

글을 쓰면서 말하기와 또 다른 경험을 했을 것입니다. 질문받기 전에는 행복의 개념에 대해 생각해 본 적이 없었을 것입니다. 말을 하면서 행복이 무엇인지, 나는 행복을 어떤 방식으로 경험해 왔는지 생각하게 됩니다. 글을 쓰면서 생각하고 말한 것을 정리하게 됩니다. 이러한 활동은 자신의 경험을 돌이켜보고 가치관 형성의 계기를 제공합니다. 글을 다 쓴 뒤 읽어보면, 제시문과 같이 두괄식 혹은 미괄식 형태로 자신의 행복관이 정리되어 있을 것입니다.

4. 질문하고 글쓰기의 실제

질문하고 글쓰기의 실제 예시를 보겠습니다. 한국의 대표적인 인문학자 이어령(1934~2022)과 대화를 나눈 저자들의 글을 비교해 보겠습니다. 아래 글은 저자들이 암과 투병중이던 이어령이 작고하기 전에 찾아가 그와 대화를 나눈 후 쓴 것입니다.

- 뒤늦게 깨달은 **생의 진실**은 무엇인가요?

"모든 게 선물이었다는 거죠. 마이 라이프는 기프트였어요. 내 집도 내 자녀도 내 책도, 내 지성도…… 분명히 내 것인 줄 알았는데 다 기프트였어. 어린 시절 아버지에게 처음 받았던 가방. 알코올 냄새가 나던 말랑말랑하던 지우개처럼. 내가 울면 다가와서 등을 두드려주던 어른들처럼. 내가 벌어서 내 돈으로 산 것이 아니었어요. 우주에서 선물로 받은 이 생명처럼, 내가 내 힘으로 이뤘다고 생각한 게 다 **선물**이더라고."

- 87년간 **행복한 선물**을 참 많이 받으셨지요?

"그랬죠. 산소도, 바다도, 별도, 꽃도…… 공짜로 받아 큰 부를 누렸지요. 요즘엔 생일 케이크가 왜 그리 예뻐 보이는지 몰라. 그걸 사 가는 사람은 다 아름답게 보여(웃음). '초 열 개 주세요.' '좋은 거로 주세요.' 그 순간이 얼마나 고귀해. 내가 말하는 생명자본도 어려운 게 아니에요. 자기가 먹을 빵을 생일 케이크로 바꿔주는 거죠. 생일 케이크가 그렇잖아. 내가 사주면 또 남이 사주거든. 그게 기프트지. 그러려면 공감이 중요해요. **공의가 아니라, 공감이 먼저**예요."

- **공의보다 공감**이라는 말이 크게 다가옵니다.

"우리는 마르크스 상품경제 시대에서 멀리 왔어요. AI 시대엔 생산량이 이미 오버야. 물질이 자본이던 시대는 물 건너갔어요. 공감이 가장 큰 자본이지요. **BTS를 보러 왜 서양인들**이 텐트 치고 노숙을 하겠어요? 아름다운 소리를 좇아온 거요. 그게 물건 장사한 건가? 마음 장사한 거예요. 돈으로 살 수 없는 **삶의 즐거움, 공감이 사람을 불러모은 거지**요."

- **젊은이들**에게 전하고픈 말이 있는지요?

"딱 한 가지야. 덮어놓고 살지 마세요. 그리스 사람들은 진실의 반대가 허위가 아니라 망각이라고 했어요. 요즘 거짓말 하는 사람들은 과거를 잊어서 그래요. 자기가 한 일을 망각의 포장으로 덮으니 어리석어요. 부디 덮어놓고 살지 마세요."

- 지금의 한국 사회는 어떻게 흘러갈까요? 미래를 낙관할 수 있습니까?

"지금은 밀물의 시대에서 썰물의 시대로 가고 있어요. 이 시대가 좋든 싫든, 한국인은 지금 대단히 자유롭고 풍요롭게 살고 있지요. 만조라고 할까요. 그런데 역사는 썰물과 밀물을 반복해요. 세계는 지금 전부 썰물 때지만, 썰물이라고 절망해서도 안 됩니다. 갯벌이 생기니까요."

- 김지수, 「[김지수의 인터스텔라] 이어령 마지막 인터뷰 "죽음을 기다리며 나는 탄생의 신비를 배웠네"」, 『조선일보』, 2019.11.1.

(김지수, 『이어령의 마지막 수업』, 열림원, 2021, 314~316면.)

위 글은 질문과 답변으로 구성되어 있습니다. 인터뷰의 전문 중에 일부를 소개한 것입니다. 글쓴이는 글을 쓰기 위해 질문을 준비해 갔으며, 그 질문을 바탕으로 자신이 알고 싶은 것을 되물으며 이야기를 진행해 나가고 있습니다.

87세까지 살면서 깨달은 삶의 진실을 질문합니다. 모든 것이 다 선물이었다고 답하자, 행복한 선물에 초점을 맞추어 다시 질문합니다. 공의보다 공감의 가치를 강조하자 그 말의 울림을 다시금 질문합니다. 나아가 오늘날의 젊은이들, 한국 사회의 미래에 대한 질문을 던집니다. 새로운 질문도 하지만, 질문을 통해 얻은 답변에 대한 추가 질문을 통해 알고 싶은 내용에 대한 깊이를 더하고 있음을 알 수 있습니다.

김종원과 이어령의 대화

아래 글은 글쓴이가 이어령과 대화를 나눈 후, 오랜 숙고 끝에 특정한 주제를 도출해 냈습니다. '지성인의 일상을 채우는 7가지 삶의 태도'라는 주제 아래, 지성인으로 갖추어야 할 자세를 독자들에게 알기 쉽게 전달하고 있습니다.

> **1. 귀를 막고 너 자신의 소리에 반응하라**
>
> 세상의 지식을 나만의 지식으로 바꿀 수 있어야 지성인의 삶을 살 수 있는데, 그 첫 과정은 앞서 내가 5년 만에 깨달은 것처럼 내면의 소리를 믿고 세상의 소리에서 등을 돌리며 시작한다. 이 과정이 가장 중요하다. 그래야 시작할 수 있기 때문이다. 세상이 반드시 기억하고 외치라고 요청한 지식에서 등을 돌릴 수 있다면, 그대는 지성인의 삶을 시작한 것이다. 이는 그대 자신의 감각과 감정을 믿어야 가능하다.

2. 1초마다 다른 나를 만나라

지성인을 만드는 최고 동력인 지적 호기심은 자기 머리로 끊임없이 생각할 때 더 강력해진다. 이어령 선생은 그 순산의 빛나는 환희를 "1초 전의 나와 1초 후의 나는 전혀 다른 거야!"라고 표현한다. 그런 수준에 도달한 사람은 어디에서 무엇을 하며 살든 지루함을 모른다. 세상이 아닌, 세상을 구성하는 자신의 존재가 매일 달라지기 때문이다.

3. 경제 자본이 아닌 문화 자본을 쌓아라

요즘 '흙수저', '금수저' 등에 대한 이야기가 많다. 태생과 환경에 대한 기준을 도전하지 않거나 실패를 당연하게 생각하는 도구로 쓰는 것이다. 하지만 이어령 선생은 이에 반발하며 이렇게 이야기했다.

"나는 너무 부자도 아니고, 너무 가난하지도 않은 시골집에서 태어났지. 그러나 이건 전혀 중요한 문제가 아니야. 중요한 건 경제 자본이 아니라 문화 자본이기 때문이지."

— (중략) — 자본은 몇몇 사람에 의해서 획득할 수 있는 것이지만, 문화는 고귀한 의식 수준을 갖춘 개인이 모여 이루어지는 것이기 때문에 더욱 고귀하며 아름답다.

4. 사회성은 남과 잘 지내는 것만 말하지 않는다.

사람들은 보통 다양한 사람들과 원활히 지내는 사람을 보며 "그 사람 사회성이 참 좋네."라고 말한다. 하지만 이어령 선생이 정의하는 사회성은 조금 다르다. 세상에는 타인과 잘 지내는 사회성만 있는 것이 아니라, 자신과 좋은 관계를 유지하며 자신을 깊이 이해하는 '자신과의 사회성'도 있다. 게다가 후자가 더 중요할 때도 있다. — (중략) —

5. 늘 비참하게 틀릴 각오를 해야 한다.

지성인이란 어떤 상태를 말하는 걸까? 완벽하게 모든 것을 틀리지 않고 아는 것일까? 이에 그는 전혀 아니라고 답하며 이렇게 말했다.

"지성인이란 용기 있는 사람이지. 그건 창조의 이치와도 같다네. 창조란 다 아는 걸 가지고 결합했거나, 다 알지만 망신당할까 봐 말하지 않는 것을 말하는 거라고 생각하니까." — (중략) — 지성인의 삶은 어쩌면 자기 생각에 대한 믿음과 신뢰에서 시작된다. 누가 뭐라고 손가락질해도 그것이 내 머리에서 나온 것이라면 누구와도 타협하지 않고 외칠 용기가 필요하다. 지성은 곧 최고의 용기다.

6. 팔로우 수보다 생각을 깨우는 것이 중요하다

온라인에서 보면 '팔로우를 빠르게 늘리는 방법'을 다루는 글도 있고 강연도 있으며 심지어는 전문대행업체까지 있다. 이유는 간단하다. 그걸 원하는 사람이 많기 때문이다. 하지만 그는 매우 중요한 화두를 던졌다.

"내 팔로우가 10만인 것이 중요한 게 아니야. 정말 중요한 것은 내 필터에 다른 생각이 10만 개 있다는 거지."

팔로우가 10만이라는 사실은 나와 같은 생각을 하는 10만 명의 사람이 있다는 것을 의미한다. 결국 하나라는 말이다. 그곳에서는 지성이 숨 쉬기 힘들다. 다른 생각과 주장이 공존하기 힘들기 때문이다.— (중략) —

7. 스스로 시작해야 스스로 끝낼 수 있다.

"나는 부모님과 다른 삶을 살겠어!"라고 말하는 자식이 많다. 그러나 정말 그렇게 될까? 쉽지 않다. 보고 듣고 배운 대로 사는 게 인간의 습성이기 때문이다. 그래서 우리에게 필요한 게 바로 과거에 대한 분명한 판단을 내리는 것이다. 왜 부모님과 다른 삶을 원하는가? 부모님의 삶을 어떻게 생각하는가? 나는 앞으로 어떻게 살아갈 것인가? 이런 질문에 대한 답을 내린 후에야 비로소 부모와 다른 내일을 시작할 수 있다. 그것이 바로 진짜 시작이다. 그렇게 시작해야 스스로 제어하며 끝도 원하는 대로 설계할 수 있다.

자신이 곧 하나의 세계라는 사실을 기억하자. 나로부터 모든 것이 시작된다. 내가 시작한다. 그리고 내가 끝낸다.

-김종원, 『이어령과의 대화』, 생각의힘, 2024, 56~61면.

말하기는 새로운 정보를 탐구하는 방식입니다. 책은 도서관과 서점에도 있지만, 인간의 내면에도 생생하게 저장되어 있습니다. 책도 내가 원하는 부분을 중심으로 읽을 수 있지만, 대화도 내가 원하는 주제에 맞추어 질문하고 그 답을 목적에 맞추어 글로 쓸 수 있습니다.

5. 탐구방식으로서 말하기와 글로 쓰기

의사소통에서 말하기와 글쓰기 모두 유용한 방식으로 목적에 따라 효과적으로 활용할 수 있습니다. 말하기가 사람에 대한 친밀성, 정보에 대한 접근성을 높이는 소통방식이라면, 글쓰기는 정보를 체계적으로 정리하고 전달할 수 있는 방식입니다. 글을 통해 정리된 정보, 개념, 가치관은 우리 경험을 이전과 다른 성숙과 성장으로 이끌며, 때로는 지식으로 때로는 지혜로 축적될 것입니다.

질문하기 요령

첫째, 말을 잘하는 것보다 경청할 수 있어야 합니다.

질문 못지않게 타인의 말을 잘 이해해야 합니다. 듣고 이해한 만큼 대상에 대한 풍성한 정보를 얻을 수 있으므로 듣는 과정에서 집중과 요약이 필요합니다. 답변자가 장황하게 말하거나 다른 길로 빠질 때 질문자는 원래의 질문으로 유도할 수 있도록 집중해야 합니다.

둘째, 질문자는 답변자의 눈높이와 상황에 맞추어 때때로 질문의 방식을 바꾸어야 합니다. 답변자가 이해할 수 있는 방식과 어휘로 바꿀 수 있어야 합니다. 질문자의 질문방식에 따라 정보의 양과 질이 달라지기 때문입니다. 틀에 박힌 질문은 틀에 박힌 답으로 이어집니다. 결과보다 과정을 묻는 질문을 통해 풍성한 정보를 얻을 수 있습니다.

셋째, 비언어적 교감 능력을 발휘해야 합니다.

질문자가 답변자 및 대화 내용에 관심과 애정을 보일수록, 질문의 방식과 그에 대한 응답이 신선하고 다양합니다. 맞장구와 같은 말의 추임새, 표정, 어투, 호감 등을 상대에게 표현하면 친밀함을 유도할 수 있으며 정감 어린 분위기 속에서 알고자 하는 정보를 얻을 수 있습니다.

글쓰기 요령

첫째, 문장은 정보의 기본 단위로서 간결하고 쉽게 써야 합니다.

문장은 문법과 의미 면에서 글의 형식적인 완결 단위입니다. 그러므로 각각의 문장은 중복되지 않는 정보(문장)로 구성되어야 합니다.

둘째, 단락은 통일성, 단락 간의 긴밀성을 갖추어야 합니다.

단락은 한 중심 생각과 그것의 뒷받침 내용을 몇 개의 문장으로 표현한 것입니다. 단락은 통일된 정보의 양으로, 대상을 깊이 이해할 수 있도록 돕습니다. 사람이건, 특정 사안이건, 제대로 알기 위해서는 다양한 정보들이 필요하며 효과적인 전달을 위해서는 단락의 구분이 필요합니다.

셋째, 글을 쓸 때는 정보들을 선별하여 요약하고 정리해야 합니다.

하나의 단락에 담을 정보의 내용과 양을 고려하여 일정한 질서 아래 순차적으로 기술해야 합니다. 핵심을 간결한 문장으로 기술하기 위해 글쓰기는 집중과 몰입이 필요합니다.

읽기를 통한 글쓰기

1. 읽는 인간

프리다 칼로(Frida Kahlo de Rivera, 1907~1954) 〈헨리포드 병원〉

오에 겐자부로(大江健三郞, 1935~2023)는 『읽는 인간』에서 '읽는 것'을 '전신운동'에 비유합니다. 책에서 자극을 받고 힘을 얻는 것은 '발견'이라는 감각에서 시작된다고 본것이지요. 시선은 책을 향하지만 감정, 정서, 이성이 함께 작용하잖아요. 그는 프리다 칼로(Frida Kahlo de Rivera, 1907~1954)의 그림(<헨리포드 병원>1932)에서 신체기관과 몸이 혈관으로 연결된 것처럼, 책으로 읽은 것이 자신과 혈관으로 연결되어 있다고 봅니다.

전신운동에서 ‘전신’이라는 표현에 주목해 볼까요. 전신운동이 온 몸을 다 사용하고 이를 위해 온 마음을 다해야 하는 것처럼, 책에 집중한 몸이 시간을 견딘 만큼 의식은 깊고 넓게 확장해 가면서 정신의 ‘근육’을 이루지요. 이쯤 되면 이건, 자기 언어와 가치관이라 볼 수 있지요. 말로 드러나기도 하고, 글로 표현되기도 하고, 행동으로도 드러날 테고. 그 과정에서 새로운 것이 추가되기도 하고, 기존의 것이 변형되기도 하겠지요. 때로는 내가 받은 것을 다른 사람들에게 전달도 합니다.

전신운동에서 ‘운동’이라는 표현도 주목해 볼까요. 운동은 하루아침에, 한 번으로 이루어지는 일이 아니잖아요. 한 번 읽는 것도 좋지만 한 권의 책을 여러 번 읽는 것이 좋고, 한 저자의 책을 여러 권 읽는 것도 좋습니다. 나의 일부를 만들어 나가는 일인데, 내 것이 되는 데 시간이 걸리겠지요. 읽는 것을 ‘이해’라기보다 ‘이해의 과정’으로, ‘수용’보다 ‘수용의 과정’으로 생각해 보지요. 선명하게 이해되는 책도 좋지만, 어렴풋하게 이해되면서 천천히 음미하는 책도 좋습니다. 어슴푸레 들어오는 감각과 지각은 느리지만 오래 가거든요.

우리의 기관과 근육이 갖추어지면 가까운 곳부터 눈에 들어오기 시작합니다. 자기 자신이 눈에 들어오고, 자신을 둘러싼 주변이 눈에 들어옵니다. 내가 어떤 사람인지, 어떤 삶을 살고 싶어 하는지, 그러한 삶을 살기 위해 무엇을 해야 하는지. 지금 내 주변에는 무엇이 있으며, 내가 선 자리에서 그 일을 하기 위해 무엇을 해야 하는지, 그 일을 하기 위해서는 내 주변에서부터 시작하지 않으면

안 된다는 것…

이쯤 되면, '전신운동'을 꼭 책으로 해야 하는지, 미디어 시대에 활자 외에도 보고 느끼고 공부할 수단이 많지 않냐고 되묻고 싶지요. 그 역시 '전신' '운동'을 하는 것처럼 하면 되겠지요. 온 몸과 온 마음을 다해서 말입니다. 우리 일상을 자세히 들여다보면 읽거나 보고, 생각하며, 표현하는 일의 반복입니다. 볼거리와 달리, 읽을거리는 좀 더 깊게 생각하고 구체적으로 표현할 수 있는 기회를 제공합니다. 우리는 읽으면서 주어진 정보를 선별하고 정보의 가치를 평가할 수 있어야 합니다. 나아가 기존의 지식과 환경으로부터 새로운 질문과 문제를 제기하며 읽는 것이 필요합니다.

2. 다섯 가지 읽기 방법

읽기 방식은 '간추려 읽기', '분석하며 읽기', '연결하며 읽기', '평가하며 읽기', '질문하며 읽기' 다섯 가지로 소개할 수 있습니다. 우리는 필요에 따라 간추려 읽기도 하고, 주의 깊게 읽고 분석할 때도 있습니다. 주의 깊게 분석한 후 가치판단을 내려야 할 때도 있습니다. 질문하며 읽기는 독자와 글쓴이 간의 생산적인 독해 활동으로, 얻으려는 정보를 염두에 두고 목적을 실현해 나가는 적극적인 독해 활동입니다. 지금부터 다양한 읽기 방법을 통해 지식을 선별하며 가치를 매기는 방법을 알아보겠습니다.

간추려 읽기

간추려 읽기는 요약하기입니다. 글쓴이가 주장하는 바를 알고 핵심을 추리는 것입니다. 시간적 제약이 있을 때는 빨리 읽고 핵심을 파악할 수 있어야 합니다. 책의 제목과 목차를 확인하고 책의 내용을 짐작하듯, 글을 빨리 읽어 내려가면서 주제와 주장을 파악합니다. 다음 네 가지 사항에 주목하면서 읽어 봅시다.

- ❖ 글에서 주로 사용된 어휘는 무엇인가.
- ❖ 글쓴이는 어떤 동기에서 글을 쓰고 있는가.
- ❖ 글쓴이가 궁극적으로 주장하는 바는 무엇인가.
- ❖ 주장하는 바를 전달하기 위한 글의 구성과 연결 관계는 어떠한가.

분석하며 읽기

분석하며 읽기는 글의 구조를 파악하며 읽는 것입니다. 어떠한 사실과 사례가 주장의 근거로 사용되고 있는가. 논리는 어떻게 발전되고 있는가. 설득을 위해 활용된 수단은 무엇인가. 수단은 목적 달성을 위해 효과적으로 기술되었는가. 듣기를 바탕으로 말하기를 익히듯이, 우리는 읽기를 바탕으로 글쓰기를 배우기도 합니다. 다음 네 가지 사항에 주목하면서 읽어 봅시다.

- ❖ 글쓴이는 주장의 근거로 어떤 사실 혹은 사례를 제시하고 있는가.
- ❖ 글쓴이의 주장과 제시한 근거가 논리적이며 통일성 있는가.
- ❖ 글쓴이는 주장을 전달하기 위해 효과적인 문체를 구사하고

있는가.

❖ 글쓴이가 주제 / 주장을 전달하기 위해 독창적으로 활용하고 있는 것은 무엇인가.

연결하며 읽기

연결하며 읽기는 글의 내용을 외부 세계의 문맥과 비교하며 읽는 방법입니다. 읽기의 맥락을 글 안에서만 찾는 것이 아니라 글의 밖과 연결함으로써 글의 맥락을 확장시키는 것입니다. 글의 맥락을 외부 세계와 연결함으로써 글쓴이가 제시한 주제 혹은 대상을 다양하게 유추하여 텍스트의 의미를 풍부하고 깊이 있게 사유할 수 있습니다. 외부 세계는 텍스트를 제외한 모든 것으로 다음과 같이 네 가지로 구분할 수 있습니다.

❖ 글의 주제 및 내용과 유사하거나 차이를 보이는 텍스트와 연결하며 읽기
❖ 글의 주제 및 내용과 관련된 사회 현실과 연결하며 읽기
❖ 글의 주제 및 내용과 관련된 다양한 경험과 연결하며 읽기
❖ 글의 주제 및 내용에 대한 나의 가치관과 연결하며 읽기

평가하며 읽기

평가하며 읽기는 비평적 읽기로서 분석적 읽기, 연결하며 읽기를 기반으로 이루어집니다. 평가는 옳고 그름을 가리는 것이 아닙니다. 글의 주제를 드러내는 기술 방식이 적절한지, 글의 주제는

동시대 의미 있는 담론을 만들어내고 있는지 등 글의 가치를 발견하는 것입니다. 분석적 읽기와 연결하며 읽기를 통해 다음과 같은 네 가지 사항에 주목하여 읽어 봅시다.

- ❖ 주제 전달을 위해 적절한 어휘를 구사하고 있는가
- ❖ 주장과 근거가 논리적으로 제시되었는가
- ❖ 주제 실현을 위해 통일성 있게 구성되어 있는가
- ❖ 주장 혹은 주제가 발표되던 당대에 시의적절한 것인가. 글을 읽는 동시대에 유효한가

질문하며 읽기

질문하며 읽기는 특정 목표를 실현하기 위한 읽기 방법입니다. 독자가 보고서, 서평, 논문 등 달성하려는 목표가 분명한 경우, 글쓴이와 독자 간에는 적극적인 대화가 이루어질 수 있습니다. 독자가 글쓴이와 생산적인 대화를 나누기 위해서는 읽기를 통해 찾으려는 바가 뚜렷하고 구체적이어야 합니다. 다시 말해 자신이 찾으려는 주제와 관련하여 고민과 사유의 경험이 풍부할 때 독자는 글쓴이와 풍부한 대화를 나눌 수 있습니다.

- ❖ 자신이 찾는 주제가 어느 지점에 제시되어 있는가
- ❖ 글쓴이가 제시한 주제는 어떠한 근거와 논리를 지니고 있는가
- ❖ 자신이 찾는 주제와 글쓴이가 제시한 주제 간의 유사점은 무엇이고 차이점은 무엇인가

❖ 해당 주제와 관련하여, 글쓴이가 놓치고 있는 부분은 무엇인가

글 읽는 방법으로 간추려 읽기, 분석하며 읽기, 연결하며 읽기, 평가하며 읽기, 질문하며 읽기를 소개했습니다. 우리가 처한 상황과 읽기의 목적에 따라 다양한 방법을 활용할 수 있습니다. 제시한 방법을 모두 동원하여 읽는다면 창의적인 읽기 활동으로 이어질 것입니다. 읽기가 일회적인 활동으로 끝나지 않도록 읽는 과정에서 메모하고 기술하는 것도 필요하지요. 출처(글쓴이, 글의 제목/책 제목, 출판사, 출판연도, 인용 페이지 수)의 기입은 메모를 효과적으로 글쓰기에 활용할 수 있는 방편이자 정직한 글쓰기의 시작입니다.

3. 왜 고전을 읽는가

책은 왜 읽는 걸까요. 무엇인가를 배우기 위해서? 일정 부분 맞는 말이지만 오늘날 배움의 매체는 다양하고 효과적인 방식이 많습니다. 과거에는 '책'이 지식의 유일한 보고(寶庫)였지만, 오늘날 우리는 지식을 손쉽게 찾고 활용할 수 있는 세상에 살고 있습니다. 그렇다면 왜 책을 읽어야 할까요. 책은 내가 모르는 것, 어렴풋이 알고 있지만 정확히 인지하기 못했던 것 외에도, '나'와 '나의 삶' 그리고 '내가 살고 있는 현실과 세계'를 '사유(思惟)'하고 '통찰'하도록 하기 때문이지요.

'생각'과 '사유' 모두 머리를 써서 사물을 헤아리고 인식하고 판단하는 것이지만, '사유'는 파악에서 더 나아가 가능성을 예측하며

지식이나 개념을 만들어내는 활동입니다. '언어'를 매개로 한 사유에, 예리한 관찰력으로 사물을 꿰뚫어 보는 통찰이 더해질 때 새로운 지식과 단단한 개념이 만들어질 수 있습니다. 우리가 보는 것에 그치지 않고, 언어로 구성된 책을 읽는 이유가 여기에 있습니다.

독서는 세 가지를 읽는 것입니다. 첫 번째는 텍스트를 읽는 것이고, 그다음에는 필자를 비롯한 현실에 대한 통찰로서 읽기입니다. 마지막으로는 독자 자신에 대한 성찰로서 읽기입니다. 텍스트 읽기는 주어진 텍스트의 문맥에 따라 그 내용을 이해하고 분석하는 것에서 시작되지만, 읽기가 도달해야 할 궁극의 지점은 자신에 대한 이해와 성찰입니다. 이러한 과정을 신영복은 '서삼독(書三讀)'에서 다음과 같이 표현합니다.

책은 반드시 세 번 읽어야 합니다.
먼저 텍스트를 읽고
다음으로 그 필자를 읽고
그리고 최종적으로는
그것을 읽고 있는 독자가 자신을 읽어야 합니다.

모든 필자는 당대의 사회역사적 토대에
발 딛고 있습니다. 그렇기 때문에
필자를 읽어야 합니다.

독자 자신을 읽어야 하는 까닭도 마찬가지입니다.
독서는 새로운 탄생입니다.

필자의 죽음과 독자의 탄생으로 이어지는
끊임없는 탈주脫走입니다.
진정한 독서는 삼독입니다.

-신영복, 『처음처럼』, 돌베개, 2016, 266면.(행구분은 필자)

이쯤 되면 왜 고전을 읽어야 하는지 짐작이 가지요. 월터 카우프만(Walter Arnold Kaufmann, 1921~1980)은 인문학을 가르쳐야 하는 이유를 네 가지로 설명합니다. 첫째, 인류의 위대한 작품들을 보존하고 양육하는 데 있습니다. 둘째, 정신을 자유롭고 자율적으로 만들어 다른 대안에도 눈을 열어 운명적인 선택을 할 수 있도록 이끌어 주는 데 있습니다. 셋째, 비전을 가르치기 위해서입니다. 넷째, 비판 정신을 길러주기 위해서입니다.[5] 카우프만의 지적처럼 인문학 교육의 두드러진 이유가 인류의 위대한 작품에 대한 보존과 양육, 정신의 자율성 강화와 선택 능력 육성에 있다는 점에서 고전 읽기는 인문 교육의 목표이자 방법입니다.

인문 교육의 관점에서 고전문학 작품은 텍스트 자체가 내장한 고유의 내용만으로도 충분히 교육적 가치를 지닙니다. 텍스트에 담긴 사상과 주제가 시간과 공간을 초월하여 오늘날에도 유효한 가치를 발하기 때문입니다. 인간, 인간의 삶, 우리가 몸담은 현실을 이해하고 통찰해 나가는 데 있어서, 고전은 유행을 타지 않는 유용한 메시지를 담고 있습니다. 인문 교육으로서 읽기는 '질문하며 읽기'가 강조됩니다.

'텍스트는 어떠한 짜임과 미적 구조를 가지고 있는가.'
'텍스트는 현실을 어떻게 그리고 있는가.'
'작가는 텍스트를 통해 무엇을 말하려고 하는가.'
'텍스트는 독자에게 어떠한 의미와 가치를 지니는가.'[6]

일련의 질문에서 가장 중요한 것은 '독자들에게 어떠한 의미와 가치를 지니는가'입니다. '질문하며 읽기'는 종국에 이르러 '평가하며 읽기'로 이어져야 합니다. 고전 읽기는 텍스트에 대한 이해와 분석, 텍스트를 쓴 작가의 의도 파악, 당대 사회적 문맥 통찰로 확장되어야 합니다.

텍스트, 필자, 당대에 대한 이해가 선행되었다면, 그것을 자신의 문제로 환원시킬 수 있어야 합니다. 텍스트가 제기한 문제를 자신의 삶 속에 투사하여 자기 삶의 문맥을 완성해 나가야 합니다. 독서 활동에서 가장 중요한 것은 독자 자신에 대한 읽기입니다. 궁극적으로 읽기는 책을 이해하는 데서 나아가 이를 통해 자기 이해와 형성에 기여해야 합니다.

우리 마음의 한켠에는 삶의 진리에 대한 목마름이 자리 잡고 있습니다. 책은 인간이 마음 깊이 갈망하던 삶의 지혜를 언어로 표현한 것입니다. 헤르만 헤세(Hermann Hesse 1877~1962)는 「책」이라는 시에서 인간이 마음 깊이 진리를 갈구하는 지혜를 가지고 있음을 다음과 같이 표현했습니다.

이 세상 모든 책들이
그대에게 행복을 안겨주는 것은 아니지만
책들은 비밀스레 그대를 이끌어
그대의 마음속으로 들어가게 합니다.
그대가 갈구하는 모든 것,
태양과 별과 달조차도 그대 마음속에 있습니다.
그대가 궁금해 하던 그 빛이
그대 마음속에 살고 있으니까요.
온갖 책들 속에서 오래도록 애타게 찾던 지혜가
지금 책장마다 반짝이고 있는 것은
지혜가 그대 마음에 있는 까닭입니다.

- 헤르만 헤세·송용구 옮김, 『연인에게 이르는 길』,
세종문화사, 2001.47면.

독서는 정신의 자율성을 강화하고 개인의 선택 능력을 신장시킬 수 있는 유용한 활동입니다. 시 한 편에도 인간의 감정이 단순화되고 집약된 형태로 담겨 있습니다. 헤르만 헤세의 지적처럼, 제대로 된 책이라면 언제나 복잡다단한 현상들이 단순화되고 응축,

함축되어 있습니다.[7] 그러므로 독서는 진지하고 적극적인 몰입이 필요합니다. 독서는 독자 자신의 삶으로 귀결되는 만큼, 양보다 질이 중요합니다. 헤세는 텍스트의 이해와 분석에 그치는 독서를 넘어서서, 자신을 재발견하기 위해 몰두하는 독서의 중요성을 강조합니다.

내가 여기서 말하고 싶은 것은 책의 수준이 아니라 독서의 질이다. 삶의 한 걸음 한 호흡마다 그러하듯, 우리는 독서에서 무언가 기대하는 바가 있어야 마땅하다.

그리고 더 풍성한 힘을 얻고자 온 힘을 기울이고 의식적으로 자신을 재발견하기 위해 스스로를 버리고 몰두할 줄 알아야 한다. 한 권 한 권 책을 읽어나가면서 기쁨이나 위로 혹은 마음의 평안이나 힘을 얻지 못한다면 문학사를 줄줄 꿰고 있다한들 무슨 소용인가?

- 헤르만 헤세·김지선 옮김, 『헤르만 헤세의 독서의 기술』, 뜨인돌, 2016, 10면. 1911년 7월 16일 <신 빈 일보 Neues Wiener Tagblatt>에 '책읽기 Bücherlesen'라는 제목으로 게재.

4. 읽기 방식의 적용: 조지 오웰의『1984』(1949) 읽기

분석하며 읽기

이제부터 다양한 읽기 방식을 적용하여 읽어보겠습니다. 이 장에서는 조지 오웰(George Orwell 1903~1950)의 『1984』(1948 창작, 1949 발간)를 대상으로 분석하며 읽기를 해 보겠습니다. 『1984』는 세계2차 대전후 냉전시대 바람직한 국가의 미래에 대한 염려와 우려를 담은 작품입니다. 오웰이 제시한 주제 의식에 주목하여, 그에 대한 근거를 두 가지 차원에서 찾아 분석해 보았습니다.

오웰이 『1984』에서 제시한 두 가지 특징을 주목할 필요가 있습니다.

첫째, 인간과 체제 간의 갈등을 다루고 있다는 점입니다. 주인공은 글쓰기를 통해 사유 능력을 고수합니다. 주인공 윈스턴 스미스(Winston Smith)는 기록국에서 과거를 날조하는 일을 하고 있습니다. 그는 이성적인 존재로 살기 위해 일기를 쓰고 기록합니다. 글을 쓰는 행위는 인간성 유지를 위한 최후의 보루입니다. 이와 더불어 사랑하는 여자와의 성관계(욕망) 역시 인간성을 확인하고 존속하기 위한 방편입니다. 빅 브라더를 위시한 전체주의 정부는 윈스턴을 결박하고 고문한 다음, 그에게 내재한 인간성을 모두 말살한 다음에야 그를 죽입니다. 체제는 자율성을 지닌 인간의 존재를 용납하지 않았습니다.

둘째, 인간의 자유를 박탈하고 의식을 통제하기 위한 시스템의 작동방식입니다. 작중 인간에 대한 통제 시스템은 크게 두 가지로 나타납니다. 표면적으로는 독재자 '빅 브라더(Big Brother)'가 거대 권력을 행사하며, 권력의 집행과정에서 '텔레스크린(telescreen)' '마이크로폰(microphone)'과 같은 첨단기기를 동원합니다. 표면적인 기술적 통제와 더불어 언어 통제를 통해 인간의 자율적 사고를 거세하고 기계화시킵니다. '이중사고(Double think)', '신어(new speak)', '선전문구(전쟁은 평화이고, 자유는 예속이며. 무지는 힘이다 War is Peace, Freedom is Slavery, Ignorance is Strength)' 등을 통해 대중을 획일화하고 프롤레타리아(the prole)로 전락시킵니다.

오웰은 거대 권력이 인간의 존엄성과 자유를 말살할 수 있음을 우려하며 현실에 존재할 수 있는 전체주의의 실체를 재현해 보인 것입니다. 세계2차대전 직후에는 히틀러와 무솔리니를 비롯한 파시스트, 중공, 소련을 비롯한 공산주의 등으로 읽을 수 있겠지만, 그것은 당대적 독해입니다. 인간성을 말살할 수 있는 여지는 다양합니다. 인간성 말살은 파행적 민주주의 체계에서도 발생할 수 있으며 거대 국가가 위세를 떨치는 상황이라면 언제 어디서든 발생할 수 있습니다. 작중 전체주의는 다양한 방식으로 주인공을 비롯한 대중을 통제하며, 일련의 사건은 독자로 하여금 인간과 집단의 관계를 성찰하게 만듭니다. 요컨대 오웰은 이 작품을 통해 전체주의를 경계하고 인간의 자유와 존엄성을 지켜나가야 함을 제안했던 것입니다.

- 안미영, 『서구문학수용사』, 역락출판사, 2021, 317~318면 참조.

조지 오웰은 『1984』에서 국가주의의 극단적인 파행성을 전체주의로 보고, 이에 대한 우려를 미래소설의 형태로 보여주었습니다. 작중에서 국가는 시민들에게 온전한 인간의 삶을 허락하지 않습니다. 국민을 위해 존재해야 한다고 믿었던 국가가 국민에게 획일화된 가치를 주입하고 국민의 자유를 억압합니다.

'증오의 주간'을 설정하는가 하면, 아이가 부모를 고발하고 남녀의 사랑을 허락하지 않습니다. 사상 문제로 검거된 윈스턴은 고문에 못 이겨 종국에는 사랑하는 여인 줄리아를 배반합니다. 국가의 시녀로서, 전쟁을 일삼는 국가를 맹목적으로 추종하도록 만듭니다. 우리는 작중 '국가'와 '프롤'의 관계를 통해 국가와 국민의 관계, 근대 국가의 성격을 반성적으로 성찰하는 과정에서 '시민 의식'의 중요성을 자각할 수 있습니다.

『1984』(1949)는 『동물농장』(1945)과 더불어 세계2차 대전 직후에 발표되었습니다. 조지 오웰은 근대 국가가 도달할 수 있는 전체주의의 파행성을 지적하기 위해 두 작품을 각각 우화소설과 미래소설의 형식으로 구성했습니다. 국가의 극단적인 파국을 극복하기 위해 사회주의를 접목한 사회민주주의를 지향했던 만큼, 그는 전체주의로 치닫는 근대 국가의 민낯을 직시했습니다. 영국의 지식인 조지 오웰은 영국의 식민지 팽창 정책을 목도하면서 근대 국가의 실체와 만행을 비판했던 것입니다.

연결하며 읽기(1): 작가의 다른 작품과 연결하기

'다른 작품과 연결하며 읽기'는 작품에 대한 넓은 이해는 물론 문화와 역사에 대한 통찰에 이를 수 있습니다. 분석하며 읽기를 했다면, 다른 작품과 연결하며 읽기를 해 봅시다. 연결의 방식은 다양합니다. 이 장에서는 '작가의 다른 작품과 연결하기'를 소개하겠습니다. 오웰이 쓴 다른 작품, 르뽀 「교수형」 「코끼리를 쏘다」와 연결하며 읽어 보겠습니다.

조지 오웰의 장편소설 『1984』를 깊이 이해하기 위해 작가의 자전적 경험이 담긴 다른 글을 읽었습니다. 르뽀 「교수형」과 「코끼리를 쏘다」는 제국의 지식인으로서 오웰이 식민지 원주민의 사형 집행 및 동물을 죽인 경험을 쓴 글입니다. 일련의 사건은 오웰이 버마에서 제국의 경찰로 일하면서 직접 체험한 것입니다.

「교수형」은 유럽인의 우월의식과 원주민의 비굴함을 보여주는 가운데, 인간이 또 다른 인간을 죽이는 공포와 비애를 보여줍니다. 교도소에 수감된 원주민이 사형을 앞두고 간수에게 이끌려 사형장으로 가는 과정을 관찰하고 묘사했는데, 그는 원주민이 '살아 있는 생명'임을 통렬하게 지각합니다.

이상한 일이지만, 바로 그 순간까지 나는 건강하고 의식 있는 사람의 목숨을 끊어버린다는 게 어떤 의미인지 전혀 알지 못하고 있었다. 그러다 죄수가 웅덩이를 피하느라 몸을 비키는 것을 보는 순간, 한창 물이 오른 생명의 숨줄을 뚝 끊어버리는 일의 불가사의함을, 말할 수 없는 부당함을 알아본 것이었다.

그는 죽어가는 사람이 아니었다. 우리가 살아있듯 멀쩡히 살아 있는 사람이었다. 그의 모든 신체 기관은 미련스러우면서도 장엄하게 살아 움직이고 있었다. - 내장은 음식물을 소화하고, 피부는 재생하고, 손톱은 자라고, 조직은 계속 생성되고 있었던 것이다. 그가 교수대 발판에 설 때에도, 10분의 1초 만에 허공을 가르며 아래로 쑥 떨어질 때에도, 그의 손톱은 자라고 있을 터였다. 그의 눈은 누런 자갈과 잿빛 담장을 보았고, 그의 뇌는 여전히 기억과 예측과 추론을 했다. - 그는 웅덩이에 대해서도 추론을 했던 것이다.

그와 우리는 같은 세상을 함께 걷고, 보고, 느끼고, 이해하는 한 무리의 사람들이었다. 그리고 2분 뒤면 덜컹하는 소리와 함께 우리 중 하나가 죽어 없어질 터였다. 그리하여 사람 하나가 사라질 것이고, 세상은 그만큼 누추해질 것이었다.

- 조지 오웰·이한중 옮김, 「교수형」, 『나는 왜 쓰는가』,
한겨레출판사, 2010, 26면.

영국 제국의 경찰이 된 오웰은 원주민을 압제한다는 데에 큰 자괴감을 드러냅니다. 「코끼리를 쏘다」에서 오웰은 제국의 경찰은 자기 주체성을 갖기보다 식민지 원주민들의 시선 아래 꼭두각시처럼 움직이는 무기력하고 피동적인 실체에 불과함을 경험합니다. 발정기 코끼리가 쇠사슬을 끊고 쿨리를 죽이자, 원주민들은 경찰이 코끼리를 상대로 무엇인가 드라마틱한 구경거리를 보여주기를 바랍니다. 오웰은 이미 얌전해진 코끼리를 대하며 살생의 의도가 전혀 없음에도 불구하고, 원주민들의 시선 아래 원치 않은 방아쇠를 당기며 코끼리를 죽여야 했습니다.

손에 소총을 들고 서 있는 그 순간 나는 백인의 동양 지배가 공허하고 부질없다는 것을 처음으로 이해하게 되었다. 여기 무장하지 않은 원주민 군중 앞에 총을 들고 서 있는 백인인 나는 겉보기엔 작품의 주연이었지만, 실은 뒤에 있는 노란 얼굴들의 의지에 이리저리 밀려다니는 바보 같은 꼭두각시였던 것이다.

— (중략) —

그는 가면을 쓰고, 그의 얼굴은 가면에 맞춰져간다. 그러니 나는 코끼리를 쏴야 했다. 나는 소총 심부름을 시킬 때부터 이미 그럴 것이라 알린 셈이었다. 백인 나리는 백인 나리답게 행동해야 한다. 단호하고, 생각이 분명하고, 확실히 행동하는 것처럼 보여야 하는 것이다.

— (중략) —

나의 모든 생활은 동양에 있는 모든 백인의 삶은 비웃음을 사지 않기 위한 기나긴 투쟁이었다.

- 조지 오웰·이한중 옮김, 「코끼리를 쏘다」, 『나는 왜 쓰는가』, 한겨레출판사, 2010, 38면.

"나는 짐승을 죽이는 것에 대해 결벽적이진 않았지만, 코끼리는 쏘아본 적도 없었고 그러고 싶었던 적도 없었"(38면)습니다. 그럼에도 "백인은 '원주민' 앞에서 두려움을 보여선 안 되기에 대개 두려움을 느낄 수 없"었습니다.(39면) 제국의 경찰이 인간으로서 느끼는 자괴감은 컸습니다. 그는 영국이 점령한 식민지에서 시민의 자유를 누릴 수 없었으며, 제국은 원주민의 내면까지 손아귀에 넣을 수 없었습니다. 원주민들은 그들만의 방식으로 삶을 살아나갔으며, 제국의 시민은 원주민의 삶의 터전에서 기실 이방인으로 존재했습니다.

르뽀 「교수형」과 「코끼리를 쏘다」에서 오웰은 제국의 경찰 경험을 통해 '생명을 죽이는 자괴감'을 통렬히 자각했습니다. 사람은 누구나 측은지심을 갖고 있기 때문에 생명을 소중히 여깁니다. 제국의 경찰이나 간수로서 오웰은 생명을 다치게 하거나 죽여야만 하기 때문에 고통스러웠던 것입니다.

『1984』를 통해 근대 국가에 대해 경계하고 '시민'의 자유를 억압하는 통제의 다양한 방식을 읽어나갔다면, 르뽀를 통해서는 시민이기 앞서 '인간'으로서 생명의 존엄성을 확인하고 이를 존중해야 함을 제시하고 있었습니다. 연결하며 읽기를 통해 제국의 지식인 조지 오웰이 시민 의식을 각성하게 된 배경을 알 수 있었습니다. 20세기 초 대영 제국의 식민지 점령 과정에서, 오웰은 국민을 위해 만든 국가가 오히려 국민의 삶을 억압하고 구속해 나갈 수 있음을 경험했던 것입니다. 국가는 다양한 제도와 언어의 통제를 통해 국민을 '시민'이 아니라 국가의 '노예'로 만들었습니다.

세계 2차 대전 직후 1948년 영국의 지식인 작가는 국가의 파행적인 존립 방식을 우려하고, 판타지적 요소가 가미된 미래소설 『1984』의 형태로 국가의 미래를 성찰하고 있음을 알 수 있었습니다. 아울러 르뽀를 통해 국가가 제국이 되어 식민지를 건설하더라도 제국은 식민지 원주민의 본질을 바꿀 수 없으며 오히려 제국의 경찰이 식민지 원주민들의 꼭두각시에 불과하다는 사실을 지적하고 있습니다.

동일 작가의 다른 작품과 연결하며 읽기는 작품 이해를 풍부하게 해 줍니다. 위 글은 조지 오웰의 『1984』를 분석하며 읽은 후 그가 쓴 르뽀와 연결하며 읽은 것입니다. 오웰이 쓴 르뽀는 작가가 어떤 경험을 했으며, 그러한 경험이 그의 의식과 작품에 어떠한 영향을 미쳤는지 알게 해 줍니다. 더구나 르뽀는 사실에 입각한 글이므로, 작가의 경험에 리얼리티를 제공하고 있습니다. 제국의 경찰로 일하면서, 제국의 식민지 원주민 압제를 직접 경험했으며 이러한 경험이 근대 국가에 대한 성찰의 계기가 되었음을 알 수 있습니다.

연결하며 읽기를 통해 『1984』의 창작 배경은 물론 작가 조지 오웰(1903~1950)에 대해 자세히 알게 됩니다. 그는 르뽀에서 자국의 이익을 극대화하기 위해 약소국을 잠식하고 그들의 인권을 유린한 데 대한 자괴감을 직접적으로 서술합니다. 인간, 생명의 존엄성을 자각하고 근대 국가와 개인의 관계를 사유하게 되었음을 알 수 있었습니다. 그 결과 조지 오웰은 『1984』에서 극단적인 형태의 전체주의의 분위기를 통해 근대 국가의 파행성을 비판하고, 미래에 존재해야 할 국가의 모습을 성찰하도록 만들었습니다.

연결하며 읽기(2): 동시대 다른 작가의 작품과 연결하기

조지 오웰(1903~1950)의 『1984』를 동시대 다른 작가의 작품과 연결해서 읽어 볼까요. 앞서 '작가의 다른 작품과 연결하며 읽기'가 작가의 창작 배경, 작가의 세계관 및 가치관을 보여주었다면, '동시대 다른 작가의 작품과 연결하며 읽기'는 당대 세계사적 분위기, 보편적 문제를 보여줄 수 있습니다. 『1984』(1949)가 발간될 무렵 한국에서 발간된 작가들의 작품과 연결하며 읽겠습니다. 당시 한국은 세계2차대전의 종식과 더불어 일제의 식민지로부터 벗어났으며, 그 시기를 해방공간(1945~1950)이라 명명합니다.

이 글에서는 조지 오웰(1903~1950)의 『1984』를 이태준(1904~1978)의 「해방전후」(1946), 김구(1876~1949)의 『백범일지』(1947), 채만식(1902~1950)의 「민족의 죄인」(1948)과 「소년은 자란다」(1949)와 연결하며 읽어 보겠습니다.

이태준은 「해방전후」(1946)에서 국가로부터 보호받지 못한 사람들이 갑작스럽게 되찾은 국가 앞에서 머뭇거리는 모습을 보여주고 있습니다. 그들은 처음 겪어보는 '해방'에 그 전보다 더 공포와 두려운 감정을 느낍니다.

김구(1876~1949)는 『백범일지』(1947)에서 해방이후 국가 재건을 위해 한 몸을 바치는 자신의 삶을 보여주고 있습니다. 식민지 시절부터 '국가' 만들기에 전념했던 지식인의 소명감을 잘 보여주고 있습니다.

채만식(1902~1950)은 「민족의 죄인」(1948)에서 해방을 맞이한 지식인이 식민지 시절, 적극적으로 저항하지 못했던 자신에 대한 부끄러움과 비애를 보여주고 있습니다. 「소년은 자란다」(1949)에서는 해방직후 가족을 잃고 가난에 허덕이고 소년 소녀와 부패와 혼란에 휩싸인 사회를 보여줍니다.

영국 제국의 지식인과 식민지 조선의 지식인들이 재현해 내는 삶의 실체는 다릅니다. 세계2차대전의 종식 후 그들이 대면해야 하는 현실이 다르기 때문이지요. 제국의 지식인은 거대해져 있는 '국가'의 힘을 우려하고 견제하려 했다면, 식민지 지식인은 지금까지 부재한 국가를 만들어야 한다는 소명감(『백범일지』(1947)), 두려움(「해방전후」(1946)) 등을 느낍니다. 다시 말해 제국의 국민이었던 지식인은 더 커질 수 있는 제국의 횡포를 경계하고 있다면, 제국의 지배를 받았던 지식인(「민족의 죄인」(1948))은 부끄러움과 자괴감을 느낍니다.

동일 시기 영국 작가는 근대 국가의 암울한 미래를 예견하는 사회비판적 소설을 쓸 수 있는데 비해, 한국 작가는 식민지로부터 국가를 되찾지만 식민지가 초래한 암울한 현실을 극복하기에도 벅찼던 것입니다. 세계2차대전 직후 영국과 한국의 역사적 차이와 그로 인한 문화 지체 현상을 확인할 수 있습니다. '동시대 다른 작가의 작품과 연결하며 읽기'는 동시대 제국의 지식인과 식민지 지식인의 모습을 보여줍니다. 그들 모두 고뇌를 지니고 있으나 차이를 지니고 있습니다.

제국의 지식인이 국가에 대한 반감을 표출했다면, 식민지 지식인은 제국의 압제에 대해 세 가지 반응을 보입니다. 첫째, 김구와 같이 제국의 압제에 적극적으로 저항합니다. 둘째, 이태준과 같이 제국의 압제를 피해 은둔한 후 조국이 해방되자 활동을 시작합니다. 셋째, 채만식과 같이 제국의 압제에 굴복한 후 그에 대한 자의식으로 해방후에는 자괴감과 수치심으로 주권을 행사하지 못합니다.

제국의 지식인이 국가에 대한 반성적 사유를 펼치는 진보적인 모습을 보이고 있다면, 제국의 그늘에서 해방된 조선의 지식인들은 국가를 만들어야 하는 불타는 사명감, 갑작스러운 해방에 혼란, 저항하지 못한 죄의식을 보입니다. 다양한 지식인의 모습에서, 우리는 국가와 시민의 관계를 성찰할 수 있었습니다. 한 사람의 '시민'이자 '지식인'으로서 각자 국가와 어떤 관계를 정립해 나가야 하는 지 생각할 수 있었습니다. 성숙한 시민은 국가로부터 냉철한 사유와 비판적 사유를 할 수 있어야 하며, 이러한 시민 의식을 발판으로 국가는 건강한 형태로 민주주의의 가치를 실현할 수 있습니다.

지금까지 조지 오웰의 『1984』과 동시대에 발표된 한국 작품들 김구의 『백범일지』(1947), 이태준의 「해방전후」(1946), 채만식의 「민족의 죄인」(1948)과 「소년은 자란다」(1949)와 연결하며 읽었습니다. 국가의 유무와 존재감의 차이는 크지만, 당대 영국과 한국에는 시대의 사명을 직시하는 지식인이 존재하고 있음을 알 수 있습니다. 그들은 세계사적 맥락에서 근대 이후 '국가'와 '시민(개인)'의 관계를 사유할 수 있는 기회를 제공해 줍니다. 작품의 이해를 넘어서서 시민으로서 우리의 자세를 성찰하도록 도와줍니다.

5. 읽기 방식의 적용: 카뮈의 『페스트』(1947) 읽기

질문하며 읽기

이 장에서는 알베르 카뮈(Albert Camus 1913~1960)의 『페스트』를 대상으로 '질문하며 읽기'를 해보겠습니다. 코로나19가 지구촌을 잠식할 무렵, 『페스트』는 전 세계적인 베스트셀러가 되었습니다.[8] 이 작품은 1947년 6월 10일 프랑스 갈리마르 출판사에서 출간되자, 그해 7~9월 사이 9만 6천부가 판매되는 등 카뮈의 최초 상업적인

성공작으로도 알려졌습니다.[9]

왜 독자들은 코로나 시기 이 책을 탐독했을까요. 이 작품이 독자들에게 공감을 주었던 이유는 어디에 있을까요. 이는 인문 고전이 지닌 내재적 가치가 어디에 있는가라는 질문으로 귀결됩니다. 사람들은 질병 '페스트'와 '코로나'를 동일시하면서 돌파구를 찾고 싶었던 것일까요. 이 질문에 답하기 위해 알베르 카뮈의 『페스트』를 분석해 보았습니다.

1) 재현과 반복

한 가지의 감옥살이를 다른 한 가지의 감옥살이에 빗대어 대신 표현해 보는 것은, 어느 것이건 실제로 존재하는 그 무엇을 존재하지 않는 그 무엇에 빗대어 표현해 본다는 것이나 마찬가지로 합당한 일이다.-다니엘 디포"[10]

삶의 지난한 어려움을 '감금상태' 혹은 '감옥살이'에 비유할 때, 오늘날 우리가 직면한 코로나19는 '페스트'라는 감옥살이의 재현과 반복이다. 코로나19라는 유사 재난에 직면한 독자들은 작중 시민의 감정을 자기 삶에 투사한다. 우리는 페스트를 앓던 시기, 페스트를 앓는 사람들의 삶과 고통에 공감하며 우리의 고통을 재사유 한다. 1947년 프랑스에서 『페스트』가 출간되었을 때에도, "독일군의 점령상태를 상징적으로 묘사한 것으로" 문예평론상[11]을 부여한 것 역시 이 작품을 또 다른 방식의 재현과 반복으로 읽은 것이다. 김은국(1932~2009)도 『순교자』의 서문에서 카뮈로부터 받은 영향을 추모의 형태로 기술하고 있는데,[12] 한국전쟁 역시 재난의 또다른 방식이었다.

작품 초반부에 카뮈는 "어떤 한 도시를 아는 편리한 방법은 거기서 사람들이 어떻게 일하고 어떻게 사랑하며 어떻게 죽는가를 알아보는 것이다"라고[13] 서술하고 있거니와 그는 우리가 처해 있는 감옥살이의 실체를 알기 위한 방법으로 거기에 있는 사람들이 일하는 방식과 태도, 사랑하며 죽어가는 과정에 주목한다. 카뮈가 재현한 장치는 오늘날 우리가 처해 있는 사건과 상황을 반복적으로 환기시킨다. 작중 재현의 장치는 사건, 인물, 정동, 문제해결 네 가지 관점에서 다음과 같다.

장치	전개 과정
재난으로서 질병	재난의 결과로서 질병 → 해결 과정으로서 이해 → 삶의 비의 발견 → 재난의 반복성
인물군의 대표성: 의료인 언론인 행정인 종교인 시민	• 의사(의료인): 리유(주인공), 리샤르(젊은 의사), 카스텔(나이든 의사) • 신문기자(언론인): 랑베르 • 기록자(방외인): 장 타루(호텔 투숙, 도시 외부인) • 행정직: 메르시에(시청 과장), 그랑(시청 말단서기. 사망자 집계, 도청 보건위원회 구성, 행정적인 조치)
정동(情動)의 추이	공포 → 슬픔 → 희망 → 두려움 (반복)[14]
문제해결의 추이	삶에 대한 성실성, 자발적인 희생과 봉사, 자기 직분의 충실성

이 작품은 총 5부로 구성되어 있으며, 프랑스령의 알제리에 소재한 오랑시를 배경으로 페스트의 발병부터 소강에 이르기까

지 1년 동안의 추이를 기록의 형태로 묘사하고 있다. 1, 2, 3, 4, 5부의 사건 추이는 다음과 같다.

구성	시간	사건
1부	4월	• 페스트 발병으로부터 도시 봉쇄까지, 발병의 형태와 시민의 반응
2부	봄, 여름	• 의사들의 노력, 자발적으로 보건대를 구성하는 시민의식
3부	여름	• 폐허로 전락한 도시 풍경 • 더위와 질병이 절정에 달함에 따라 생이별과 귀양살이 초래, 극심한 공포와 반항 • 보건상의 이유로 폐쇄되었거나 화재가 난 집들의 약탈 • 등화관제 제도 실시, 도시는 밤 11시부터 암흑에 잠김 • 모든 형식의 간소화, 장례식이 폐지되고 가치판단이 말소 • 경제생활의 파괴, 엄청난 숫자의 실업자 증가. • 대도시는 활기를 잃고 8월에 피해자는 정점에 달함
4부	9월, 10월	• 페스트가 휩쓸고 간 도시의 재난 상황 묘사 • 10월 혈청이 시험 됨 • 11월 무렵 공공장소는 모두 검역소와 수용소로 개조. • 사람들의 모임 장소로 도청만은 그대로 남겨둠 • 시간이 경과 하자, 식량 보급의 어려움으로 투기가 성행하고 생필품 가격이 터무니없이 상승. • 죽음이라는 완전무결한 평등을 제외하고는, 인간의 이기심은 불공평의 감정을 심화
5부	1월 중순	• 페스트의 소강, 그에 따른 시민의 정서 변화

1년을 배경으로 사건의 전개와 해결과정은 2020년 코로나19의 발발과 함께 우리가 처한 재난을 비춰보는 거울로 읽힌다. 코로나19는 2020년 새해의 시작과 더불어 세계 전역에 널리 퍼졌으며, 당시에는 백신은 개발되었으나 자유로운 만남과 이동이 요원했다. 카뮈는 『페스트』에서 1년여 기간 동안 한 도시를 휩쓸고 간 질병의 재난과 이를 감당해 가는 과정에서 인간에게 내재해 있는 의지와 회복의 가능성을 보여준다. 이와 동시에 작품 말미에 이르면, 삶에 내재해 있는 고통과 그에 대한 긴장을 늦추어서는 안된다는 사실을 제언한다.

① 페스트균은 결코 죽거나 소멸하지 않으며, 그 균은 수십 년간 가구나 옷가지들 속에서 잠자고 있을 수 있고, 방이나 지하실이나 트렁크나 손수건이나 낡은 서류 같은 것들 속에서 꾸준히 살아남아 있다가 아마 언젠가는 인간들에게 교훈과 불행을 가져다 주기 위해서 또다시 저 쥐들을 흔들어 깨워서 어느 행복한 도시로 그것들을 몰아넣어 거기서 죽게 할 날이 온다는 것을 알고 있었기 때문이다.(401~402면)

② 사람은 제각기 자신 속에 페스트를 지니고 있다는 것입니다. 왜냐하면 세상에서 그 누구도 그 피해를 입지 않는 사람은 없기 때문입니다. 그리고 늘 스스로를 살펴야지 자칫 방심하다가는 남의 얼굴에 입김을 뿜어서 병독을 옮겨 주고 맙니다. 자연스러운 것, 그것은 병균입니다. 그 외의 것들, 즉 건강, 청렴, 순결성 등은 결코 멈춰서는 안 될 의지의 소산입니다. 정직한 사람, 즉 거의 누구에게도 병독을 감염시키지 않는 사람이란 될 수 있는 대로 마음이 해이해지지 않는 사람을 말하는 것입니다. 그런데

결코 해이해지지 않기 위해서는 그만한 의지와 긴장이 필요하단 말입니다. 그렇습니다, 리유. 페스트 환자가 된다는 것은 피곤한 일입니다. 그러나 페스트 환자가 되지 않으려고 발버둥치는 것은 더욱더 피곤한 일입니다. 바로 그렇기 때문에 모든 사람이 다 피곤해 보이는 것입니다. 왜냐하면 오늘날에는 누구나가 어느 정도는 페스트 환자니까요.(329면)

①에서 카뮈는 주인공 리유를 통해 일상에 항존하는 페스트의 위협을 환기시킨다. 그것은 페스트의 소강으로 재난이 종식된 것은 아니며 항존해 있다가 다시금 도래할 수 있다는 것이다. ②에서는 리유와 대화하는 타루를 통해, 우리 모두에게 내재해 있는 페스트를 소환해 내며 항시 일상에서 경계와 주의를 게을리해서는 안된다는 경고의 메시지를 전달한다. 고전적 교양소설과 마찬가지로, 리유와 타루를 비롯한 주인공들은 "구체적인 체험을 통하여 자신과 세계에 대해 분명해지는" 변화과정을[15] 재현하고 있다.

2) 인간의 길

카뮈는 『페스트』에서 도시가 봉쇄되자, 인물들의 감정 변화에 주목했다. 그들은 자신을 둘러싼 일상의 인간관계에 감정을 전이하기 시작한다. 평소에는 무관심하던 주변 사람들의 존재를 자각하고 그들에게 연민을 느낀다.

그래서 우리들 전체에게 있어서 우리들의 생활을 이루고 있던 감정, 더구나 우리가 잘 안다고 생각했던 감정(오랑 시민들은, 이미 말한 바 있듯이 단순한 정열의 소유자들이다)이 전에는 몰랐던 새로운 면모를 드러내 보이기 시작했다. 배우자를 퍽 끔찍하게 믿어 오던 남편들이나 애인들이 문득 질투심에 사로잡혀 버리는 것이었다. 사랑을 가볍게 여긴다고 스스로도 인정하던 남자들이 다시 성실해졌다. 어머니와 같이 살면서도 거의 어머니를 쳐다보지도 않은 채 무관심하게 살던 아들들이, 그들의 기억 속에 되살아나는 어머니 얼굴의 주름살 하나에도 자기들의 모든 불안과 후회를 떠올리는 것이었다. 어처구니 없고 뚜렷한 앞날도 보이지 않는 그 급작스러운 이별에 우리들은 망연자실한 채 아직 그토록 가까우면서도 어느새 그토록 멀어져 버린 그리고 지금은 우리들 하루하루의 삶을 가득히 차지하고 있는 그 존재의 추억을 뿌리칠 능력도 없어진 형편이었다. 사실 우리는 이중의 고통을 겪고 있었다.- 우선 우리 자신의 고통과, 다음으로는 집에 없는 사람들, 즉 자식이며, 아내며, 애인이 겪으리라고 상상되는 고통이었다.(98~99면)

그들은 자신에게 매몰되었던 감정을 배우자, 어머니, 자식들에게 전이하기 시작한다. 자신이 느낀 고통을 배우자와 어머니의 입장에서 느끼고 헤아리는 것이다. 그들은 연민과 공감을 통해 일상에 대한 성찰에 이른다. 처음에는 질투, 불안, 후회 등 다양한 감정을 동반하면서도 종국에는 대상에 대한 애정으로, 나아가 일상이 주는 소중함에 대한 성찰로 확장된다. 오랑 도시의 시민들은 페스트가 만연하자, 그들을 둘러싼 일상의 가치에 눈을 뜬다. 이러한 현상은 코로나 시대 우리에게도 마찬가지로 나타났다. 일상적인 만남과 모임이 불가 하자, 일상과 친지의 소중함을 체감한다.

작중 인물 중에서도 방외인 타루와 행정서기 그랑은 연민과 공감 능력이 뛰어나다. 그들의 이타적인 감정은 오랑 시민들에게, 나아가 독자들에게 인간으로서 지녀야 할 길을 제시한다. 페스트가 발병할 무렵, 다른 도시에서 온 타루는 호텔에 묵고 있었다. 그는 연대기를 구성하는 역사가처럼 일련의 사태를 객관적으로 기록하는 한편, 오랑 시민을 위해 보건대를 구성하여 시민들의 치료와 예방의 선두에 선다. 타루의 아버지는 검사였다. 그는 어린 시절 법정에서 아버지가 나약한 인간에게 사형선고를 내리는 모습을 보고 집을 떠났다. 이후에는 사형선고라는 인간의 죽임에 대항하여 인간을 살릴 수 있는 삶을 산다. 카뮈는 타루에 대한 서술자의 묘사를 통해 현실에 살아가는 인간이 걸어가야 할 길을 보여준다.

> ① 세계의 악은 거의가 무지에서 오는 것이며 또 선의도 총명한 지혜 없이는 악의와 마찬가지로 많은 피해를 입히는 수가 있는 법이다. ─ (중략) ─ 살인자의 넋은 맹목적인 것이며, **가능한 한의 총명을 다하지 않으면 참된 선도 아름다운 사랑도 없는 법이다.**(176~177면, 강조는 필자)

> ② 나는 인간의 모든 불행은 그들이 **정확한 언어**를 쓰지 않는 데서 온다는 것을 깨달았습니다. 그래서 정도를 걸어가기 위해 **정확하게 말하고 행동하기**로 마음먹었습니다. 따라서 나는 재앙과 희생자가 있다고만 말할 뿐, 그 이상은 더 말하지 않겠습니다. ─ (중략) ─ 그래서 나는 어느 경우에는 희생자들 편에 서서 그 피해를 되도록 줄이기로 마음먹는 것입니다. **희생자들 가운데서 나는 적어도 어떻게 하면 제3의 범주, 즉 마음의 평화에 도**

달할 수 있는가를 탐구할 수는 있습니다.(330~331면, 강조는 필자)

③ 나는 성인들보다는 패배자들에게 더 연대 의식을 느낍니다. 아마 나는 영웅주의라든가 성자 같은 것에는 취미가 없는 것 같아요. **내가 관심을 두고 있는 것은 그저 인간이 되겠다는 것입니다.**(332면, 강조는 필자)

①에서 타루는 총명을 다해야 하며, 무지는 악을 초래할 수 있음을 강조한다. ②에서 정확한 언어의 구사는 총명의 방법이기도 하다. ③에서 우리는 타루의 연민과 공감이 다다른 지점을 목도할 수 있다. 그는 희생자의 편에서 그들을 연민하고 공감하면서, 마음의 평화를 얻고 인간으로서의 길을 걷겠다고 밝힌다. 그가 조직한 자원 보건대는 인간으로서 길을 걷는 방식 중 하나이다. 그는 본래 오랑 시와 무관한 외지인으로, 도시에 몰아닥친 재난과 고통은 그의 일도 가족의 일도 아니었다. 그가 가진 총명과 선의는 인근에 있는 패배자들에 대한 연민과 공감에 기원을 두고 있다.

타루가 도시의 이방인으로 도시의 재난을 온몸으로 감당해 냈다면, 행정 말단 서기 그랑은 보건대 일을 자원하여 인간으로서 자기 몫의 길을 걸어간다. 그는 임시직으로서 가장 낮은 자리에 있으면서 그가 나눌 수 있는 일을 했다. 도청에서 행정 일을 파하면, 보건대에 와서 합산과 통계의 일을 맡았다. 카뮈는 서술자를 통해 그랑을 '살아 있는 일상의 영웅'으로 묘사한다.

그렇다. 인간이 소위 영웅이라는 것의 전례와 본보기를 세워 놓고 싶어 하는 것이 사실이라면, 그리고 반드시 이 이야기 속에

한 사람의 영웅이 있어야 한다면, 서술자는 바로 이 보잘것없고 존재도 없는 영웅, **가진 것이라고는 약간의 선량한 마음과 아무리 봐도 우스꽝스럽기만 한 이상 밖에는 없는 이 영웅**을 여기에 제시하고자 한다.(184면, 강조는 필자)

그는 틈날 때마다 그의 연인에게 줄 아름다운 문장을 만들기 위해 고심했다. 가족을 구성한다든가 사회적인 직위 혹은 경제적인 이익이 아니라, 아름다운 문장을 완성하기 위해 마음을 쏟았다. 자기 자리에서 자신의 일을 하는 것, 이와 동시에 자신의 도움이 필요한 곳에 기꺼이 함께 하는 것, 이러한 삶이야말로 살아있는 일상의 영웅으로서 '인간으로서의 길'을 보여주고 있다.

카뮈는 "우파의 아카데미즘은 인간의 불행을 무시하고 좌파의 아카데미즘은 그 불행을 이용"하며 "두 가지 경우 모두에서 예술이 부정되는 동시에 인간의 비참은 더해"간다고 했거니와 그의 지향점은 이념이 아니라 인간이다.[16] 우리는 작품에 구현된 인물의 삶과 태도를 통해 보편적 인간에 대한 연민과 공감을 거쳐 작가가 제시한 통찰에 이르게 된다.

3) 진리의 길

『페스트』에서 카뮈가 전달하려는 주제는 의사 리유, 역사가 타루, 언론인 랑베르, 하급 관리 그랑을 통해 드러난다.[17] 주인공인 의사 리유는 "자신이 몸 담아 살고 있는 세상에 대해 지쳐 버렸으면서도 동류에 대한 관심은 여전히 있으며, 또 자기 딴에는 불의와의 타협을 거부하기로 결심한 인간"(23면)으로 묘사되어 있다. 그는 "꾸준히, 그리고 새로운 각도에서 개개인의 행복과 페스트라는 추상과의 사이에서 벌어진 그런 종류의 우울한 투쟁을, 그 기나긴 기간 동안에 걸쳐 우리 도시의 삶 전체를 지배했던 그 투쟁을 계속 추적"(124면)한다. 그는 관찰자이면서 작가가 지향하는 주제를 실현하는 주체이다. 카뮈는 리유를 통해 각자의 삶에서 성실성의 실현을 제안한다.

> ① **저 매일 매일의 노동**, 바로 거기에 확신이 담겨 있는 것이었다. 그 나머지는 무의미한 실오라기와 동작에 얽매여 있을 뿐이었다. 거기서 멎을 수는 없는 일이었다. 중요한 것은 **저마다 자기가 맡은 직책을 충실히 수행해 나가는 일**이었다.(60면, 강조는 필자)

> ② 만약 어떤 전능한 신을 믿는다면 자기는 사람들의 병을 고치는 것을 그만두고 그런 수고는 신에게 맡겨 버리겠다. —(중략)— **리유 자신도 이미 창조되어 있는 그대로의 세계를 거부하며 투쟁함으로써 진리의 길을 걸어가고 있다**--(170면, 강조는 필자)

> ③ 세계의 질서는 죽음에 의해 좌우되는 것이니만큼, 아마 신으로서는 사람들이 자기를 믿어주지 않는 편이 더 나을지도 모릅니다. 그리고 신이 그렇게 **침묵하고만 있는 하늘을 쳐다볼 것이 아니라 있는 힘을 다해서 죽음과 싸워주기**를 더 바랄지도 모릅니다.(172면, 강조는 필자)

①은 의사 리유에 대한 서술자의 묘사이다. 서술자는 리유를 통해 자기가 맡은 직책에서 충실한 수행을 강조한다. 그것이 '무의미한 실오라기와 동작에 얽매여 있'는 노동에 불과할지라도, '저마다 자기가 맡은 직책을 충실히 수행해 나가'야 한다는

것이다. ②는 리유가 타루와 대화하면서 자신의 신념을 드러낸 것이다. 리유가 추구하는 '진리의 길'은 자신의 직분에 맞는 '사람들의 병을 고치는 것'이다. 그는 자신에게 주어진 직책을 통해 진리의 길에 도달하려는 것이다. ③은 카뮈의 무신론과 저항 정신을 보여준다. 리유는 스스로 노력하지 않고 하늘만 쳐다보는 인간이 아니라 있는 힘을 다해 죽음과 맞설 수 있는 인간의 길을 걷겠다는 것이다. 그것이야말로, 이 세계에 죽음을 만든 신의 질서라는 것이다. 신의 부정이라기보다도 인간으로 해야 할 몫을 강조하고 있다.

리유는 세계의 질서가 죽음에 의해 이루어진다는 것을 알고 있었다. 그는 종교를 초월하여 인간이 직면한 죽음과 불행에 맞섰다. 그가 실천할 수 있는 구원이 '인간의 건강'이었다. 의사 리유와 대조적인 인물로 종교인 파늘루 신부가 등장한다. 예수회 소속의 파늘루 신부는 페스트를 악으로 규정한다. 신부는 질병과 재난을 종교의 이름으로 단죄하고, 일련의 재난을 종교의 권위로 해석한다.[18] 파늘루 신부 역시 폐장성으로 전이된 페스트로 삶을 마감함으로써, 다른 사람의 구원을 위해 한 몸을 다하는 종교인도 재난을 피해갈 수 없음을 시사한다.

카뮈가 주목한 것은 자기 의지와 힘으로 직면해 있는 문제를 헤쳐나가야 한다는 냉철한 자기 인식이다. 설령 죽음이 곳곳에 산재해 있다 하더라도, 재난 앞에서 추상적이고 초월적인 힘에 기대려 해서는 안 된다는 말이다. 순수한 어린 생명도, 도시를 위해 한 몸을 헌신한 타루와 그랑 마저도 죽음을 피해갈 수 없었다. 시내에서 가장 유력한 의사 중 한 사람인 리샤르도, 페스트를 치료하던 중에 감염되어 죽는다. 시민의 건강을 위해 헌신한 리유에게도 아내의 부음은 피해갈 수 없는 실제이다.

카스텔은 중국에서 의사 생활을 했으며, 전염병이 페스트임을 밝혔고 혈청 제조에 신념과 정력을 쏟았다. 카스텔의 풍부한 경험과 신념으로 인해 혈청을 발견한다. 혈청이 개발되어 페스트의 발병을 멎게 할 수 있었지만, 희생과 그에 따르는 고통을 피할 수는 없다. 이것이야말로 하늘에서 이루어지는 구원이 아니라 땅에서 인간의 힘으로 성취해 낸 인간적인 구원의 방식이자 결과이다. 카뮈는 극한의 조건에도 불구하고 지속적으로 행해지는 인간의 물리적인 노고와 의지의 힘을 강조한다. 그것이 현실에 존재하는 진리의 모습이기 때문이다.

카뮈는 의사 리유를 통해 신문기자 랑베르가 페스트로 봉쇄된 도시에서 그가 해야 할 일에 눈을 뜨도록 만들었다. 랑베르는 파리에 있는 큰 신문사에 근무 중인데, 아랍인들의 생활 조건(보건 상태)을 취재하기 위해 알제리의 오랑시에 왔다. 도시 봉쇄령이 떨어지자, 랑베르는 아내가 있는 곳으로 가기 위해 갖은 노력을 다 하지만, 다음과 같은 리유와의 대화를 통해 현재를 직시한다. 그들이 직시하는 현재야말로 현존하는 진리 구현의 시작이기 때문이다.

> "즉, 이 모든 일은 영웅주의와는 관계가 없습니다. 그것은 단지 성실성의 문제입니다. 아마 비웃음을 자아낼 만한 생각일지도 모르나 페스트와 싸우는 유일한 방법은 성실성입니다."
>
> "성실성이 대체 뭐지요?" 하고 랑베르는 돌연 심각한 표정으로 물었다.
>
> "일반적인 면에서는 모르겠지만, 내 경우로 말하면, 그것은 자기가 맡은 직분을 완수하는 것이라고 알고 있습니다."(216면)

카뮈는 1957년 12월 10일 노벨문학상을 수상하고 스톡홀름 시청에서 그의 문학관을 강연한다. 예술은 예술가로 하여금 고립된 존재가 되지 않도록 가장 겸허하고도 보편적인 진실을 따르도록 만든다는 것이다.[19] 인간이 추구하는 진리는, 이 땅에서는 그가 직면한 세계의 진실을 추구하는 것으로 구현된다. 그는 작가의 소명으로 진실에 대한 섬김과 자유에 대한 섬김을 들었다.(12면) "약하지만 끈질기고, 정의롭지 못하면서도 정의를 열정적으로 사랑하는 작가는 수치심도 교만함도 없이 만인이 보는 앞에서 작품을 쌓아 올리며, 언제나 고통과 아름다움 사이에 찢어져 있으면서 자신의 이중적인 존재로부터 작품이라는 창조물을 이끌어내서 그것을 역사의 파괴적인 움직임 속에 우뚝 세워 놓고자 끈질기게 애"쓰는 존재라는 것이다. "신비롭고 달아나기 쉬워서 늘 새롭게 전취해 나가야 하는 진실"은(15면), 이 땅에 진리가 현현되는 방식이다.

- 안미영, 「인문 고전(古典) 텍스트의 공감 요인」,
『리터러시연구』12권2호, 한국리터러시학회, 2021, 453~483면.

인문 고전이 시간과 공간을 초월하여 의미를 발할 수 있는 힘은 어디에서 오는가. 고전 텍스트에 내재한 어떠한 가치가 시공을 초월하여 유구히 빛을 발하는 것일까. 이러한 문제의식에서, 이 장에서는 코로나 19시대 세계적인 베스트셀러 카뮈의 『페스트』를 통해 인문 고전이 공감을 얻는 요인을 분석해 보았습니다. 인문 고전으로서 『페스트』는 세 가지 공감요인을 갖추고 있었습니다.

첫째, 재현과 반복의 속성을 보여주고 있으며, 둘째 인간의 길, 셋째 진리의 길을 제시하고 있습니다. 카뮈는 인간과 삶에 편재해 있는 보편적인 재현의 장치를 통해, 그가 던진 화두를 시간과 공간을 달리하여 환유적으로 읽을 수 있도록 만들었습니다. 그것은 선과 악이라는 이분법적이고 도식적인 결과가 아니라 인간과 인간의 삶에 지속적으로 반복되어 나타나는 운명과 삶의 비애입니다. 인문 고전 텍스트가 서사 양식을 취하고 있다는 점에서 반복과 재현은 문학이 지닌 수사학적 가치의 실현과 맞닿아 있습니다.

카뮈는 반복되는 운명과 삶의 비애에서 인간이 걸어가야 할 길을 제시하고 있습니다. 페스트와 같은 재난 속에서도 인간으로서 걸어가야 할 길을 보여주었습니다. 그것은 민주주의를 포함한 특정 이데올로기와 신념에 대한 신봉 혹은 구현이 아닙니다. 평범하거나 보잘 것 없는 인간이라도, 의식하고 실행할 수 있는 삶에 대한 성실성입니다. 그것은 바로 카뮈가 제안하는 진리의 길과 상통합니다. 하늘에서 신의 이름으로 이루어지는 진리가 아니라 땅에서 인간의 힘에 의해 일구어 나가는 진실입니다.

인문 고전 작품이 시간과 공간을 초월하여 유의미한 가치를 발휘한다고 할 때, 텍스트의 가치는 '재현과 반복', '인간의 길', '진리의 길'을 보여주는 데 있습니다. 카뮈의 『페스트』가 모든 인문 고전 텍스트를 포괄할 수는 없지만, 적어도 그 안에 고전으로서 가치가 내재해 있다고 할 때 『페스트』에서 분석한 세 가지 공감 요인은 인문 고전이 내재하고 있는 보편적 가치로 이해할 수 있습니다. 요컨대 우리는 인문 고전에서 텍스트에 재현된 인물과 사건을 통해 인간과 삶에 내재한 보편성에 눈을 뜨고, 시간과 공간을 초월하여 보편타당한 인간의 길, 진리의 길을 발견할 수 있습니다.

지금까지 『페스트』를 대상으로 '질문하며 읽기'를 통해 고전의 보편적인 특징을 알 수 있었습니다. 우리는 일상에서 질문하며 읽기를 시도해야 합니다. 질문하며 읽기는 두 가지 방식으로 접근할 수 있습니다. 첫째, 해결하려는 문제(질문)가 있는 경우입니다. 질문에 대한 답을 찾기 위해 분석적 읽기 등을 활용하여 치밀하게 읽어나가야 합니다. 둘째, 해결하려는 문제(질문)가 없는 경우입니다. 문제가 없다면 읽는 과정에서 질문을 하면서 읽도록 합시다. 이때 질문은 문제라기보다 글을 쓴 저자와의 적극적인 대화입니다. 저자는 정보를 제공하고, 독자는 질문을 발견함과 동시에 스스로 답을 찾아가면서 새로운 시야를 열어 나갑니다.

읽기는 '텍스트 이해', '작가와 현실 문맥에 대한 통찰', 나아가 '자기 자신에 대한 성찰'이라는 순차적인 단계로 확장되어야 합니다. 읽은 후 글을 쓰는 과정에서, 이해한 것을 적용하여 내 삶의 문제로 환원할 수 있습니다. 이것이 곧 인식 지평의 확장이자 자아의 성장입니다.

2부

타인에게 통하는 글쓰기

사실 전달하기

1. 설명하기

타인에게 통하는 글은 어떤 글일까요. 어떻게 하면, 내가 전달하려는 내용을 온전히 전달할 수 있을까요. 사실을 전달하는 글은 공공성을 갖추고 있어야 합니다. 체계적이어야 합니다. 핵심적인 특징이 드러나야 합니다. 전달의 가장 일반적인 방식이 설명입니다. 설명하기를 익히면서 타인에게 통하는 글의 기본기를 배워봅시다.

설명은 어떤 대상이나 일의 내용을 알기 쉽게 풀이하여 밝히는 것입니다. 설명하려는 대상에 대한 이해를 돕기 위해 다양한 진술 방식을 활용할 수 있습니다. 정의, 인용, 예시, 비유, 비교와 대조, 분석, 구분과 분류, 유추, 인과, 묘사, 서사 등은 효과적인 설명을 위한 문장 진술 방식입니다.

- **정의**는 단어의 개념과 뜻을 풀이하는 것입니다.
- **인용**은 남의 말이나 글을 빌려 진술하는 방식입니다.
- **예시**는 예를 들어 보이는 것으로 주로 열거를 통해 진술합니다.
- **비유**는 낯선 것을 설명할 때 낯익은 것으로 이해를 돕는 방식입니다. 사물이나 사건은 그것이 맺고 있는 관계망 속에 놓일 때 온전한 모습을 드러냅니다.
- **비교**와 **대조**는 두 개 이상의 사물을 견주어 보는 것입니다. 비교가 유사점을 밝힌다면 대비는 차이점을 밝히는 방식입니다.
- **분석**은 어떤 일이나 대상을 구성 요소나 부분으로 나누어 설명하는 방식입니다. 구조적으로 연결되어 있는 전체를 부분적인 성질과 속성으로 분리해서 설명하는 방식입니다.
- **구분**은 상위 개념에서 하위 개념으로 이행하는 방식이며, 분류는 하위 개념에서 상위 개념으로 이행하는 방식입니다. 양자 모두는 전체와 부분, 부분과 부분을 체계적으로 조직함으로써 대상의 내적인 관계를 파악하는데 도움을 줍니다. 이를 위해서는 분류나 구분의 기준이 명확해야 하며, 일관되게 적용해야 합니다.
- **유추**는 유사한 속성을 빗대어 진술하는 방식입니다.
- **인과**는 어떤 일이나 대상에 대해 원인과 결과를 중심으로 설명하는 방식입니다.
- **묘사**는 대상을 바라보는 자신의 주관적인 인상이나 느낌에 바탕을 둔 방식입니다.
- **서사**는 사건과 그 진행 과정을 실감할 수 있도록 시간의 흐름에 따라 전개하는 방식입니다. 설명 대상에 따라 시간의 흐름을 고려하여 과정, 순서, 절차를 기술해야 할 때도 있습니다.

평소 우리는 글을 쓸 때뿐 아니라 말을 할 때도 다양한 진술 방식을 활용하고 있습니다. 대상의 이해를 돕기 위해 정의, 비유, 예시, 열거, 비교, 대조 등을 활용하고, 사건의 이해를 돕기 위해서는 서사와 적절한 묘사를 합니다.

아래 예시문은 칼 세이건(Carl Edward Sagan, 1934~1996)이 코스모스에 대해 설명한 글입니다. 코스모스를 설명하기 위해 '분석', '인과', '구분', '비유', '묘사'와 같은 다양한 진술방식을 활용하고 있습니다. '은하'에 대한 분석을 통해 '은하계'를 다양한 범주로 구분하여 설명합니다. 일련의 사실을 바탕으로 코스모스를 '조개껍데기' '산호조각'으로 비유하고, 자연이 영겁의 세월에 걸쳐 조탁하여 만들어 낸 '예술품'으로 묘사합니다.

은하는 기체와 티끌과 별로 이루어져 있다. 수십억 개에 이르는 별들이 무더기로 모여 은하를 이룬다. 별 하나하나가 누군가에게는 태양일 수 있다. 그러므로 은하 안에는 별들이 있고 세계가 있고 아마도 각종 생명이 번성한 자연계가 있고 지능을 소유한 고등 생물의 집단이 있으며 우주여행을 자유자재로 할 수 있는 고도의 문명 사회들도 있을 것이다. 그러나 이처럼 은하를 멀리서 바라보면 은하가 아기자기한 것들을 모아 놓은 하나의 예술 작품으로 보인다. 그것은 조개껍데기나 산호 조각처럼 코스모스라는 바다에서 자연이 영겁(永劫)의 세월에 걸쳐 조탁하여 만들어 낸 예술품이다.

- 칼 세이건 홍승수 옮김, 『코스모스』,
사이언스북스, 2017, 341면, 강조는 필자.

설명하는 글은 목적, 대상, 상황에 따라 그에 맞는 구성을 지닙니다. 이 장에서는 기사문, 설명서, 광고 세 가지 글을 통해 사실을 전달하는 설명의 요령을 소개하겠습니다.

	목적	대상	상황
기사문	사실의 이해와 전달	사건, 소식, 이슈	제한된 지면
설명서	도구의 올바른 활용	도구, 제품	제한된 지면
광고	대상의 특징과 가치	상품	제한된 지면, 시간

기사문이 특정 사실의 이해와 전달을 목적으로 한다면, 설명서는 특정 도구의 올바른 활용을 목적으로 대상의 특징과 사용 방법을 제시합니다. 광고문은 제한된 시간이나 지면에 대상의 핵심적인 특징을 함축적으로 표현합니다. 사건, 사물, 상품 등에 따라 서술방식의 차이를 보입니다. 이해와 활용을 돕기 위해서는 읽는 대상도 고려해야 합니다.

2. 글의 공공성: 기사문

기사문은 보고 들은 사실을 전달하는 글입니다. 사실의 전모를 구체적으로 전달하기 위해 누가, 언제, 어디서, 무엇을, 어떻게, 왜 하였는가를 상세히 기술합니다. 사실에 바탕을 두고 정확한 어휘로 기술해야 하며, 현장성과 객관성을 전달하기 위해 사진과 표 등을 첨부하기도 합니다. 제목은 기사 본문의 내용을 압축적으로 드러낼 수 있어야 합니다. 부제는 필요에 따라 달기도 하는데, 표제의 의미를 뒷받침해 주고 본문 내용을 구체적으로 제시해 주는 역할을 합니다.

○제목

불필요한 수식어는 피하고, 명료한 단어로 힘차고 간결하게 씁니다.

○리드(Leed 제목 다음에 나오는 부분)

- 본문을 요약한 부분으로 기사 전체의 방향성을 담고 있습니다.
- 1~2문장으로 본문을 환기시킬 수도 있고 본문의 내용을 짧게 요약할 수도 있습니다.
- 딱딱하지 않게 이야기해 주는 것처럼 기술합니다.

○본문

사건은 주로 서사의 형식을 갖춥니다. 설명은 체계적이면서 구체적이어야 합니다. 사건 외에도 특정 이슈가 될 수도 있습니다. 아래 기사는 누가, 언제, 어디서, 무엇을, 어떻게, 왜 외에도 그것에 대한 가치를 언급하고 있다.

세계에서 가장 유명한 거리 예술가가
내 아파트 옆에 벽화를 그린 날

- 런던 핀즈베리 파크에 그려진 뱅크시의 벽화와 카를로스 세라노사진 출처, LAURA GARCÍA
- 사진 설명, 내가 사는 런던 소재 아파트 옆 흰 벽에 그려진 뱅크시의 벽화
- 기사 관련 정보
 :기자, 카를로스 세라노
 :BBC 월드 서비스, 런던, 2024년 3월 21일

웃고 있는 런던 시민들을 이토록 많이 본 날이 있을까.

정체를 숨긴 채 활동하는 세계에서 가장 유명한 거리 예술가인 뱅크시는 내가 사는 이곳 런던 소재 아파트 옆 흰 벽을 훌륭한 캔버스로 본 듯하다.

지난 17일(현지시간) 벽화가 나타난 이후 이곳엔 수많은 사람들이 몰려들고 있다. 사람들은 마치 '정원에 들어가서 사진을 찍어도 돼요?'라고 묻는 듯 나를 바라본다.

그래서 나는 마치 이 작품이 내 작품인 양 마음껏 사진을 찍으라고 답한다.

사실 난 런던 시민들이 이토록 말이 많은지도 몰랐다.

지하철에서 심각한 얼굴로 자신의 일에 집중하고 있거나, 엘리베이터에서 서로 눈 마주치길 꺼리거나, 비를 피하고자 일부러 고개를 숙이며 거리를 다니는 런던 시민들의 모습에 익숙해져 있던 내게 갑자기 낯선 이들이 몰려와 질문을 퍼붓고 있다.

"뱅크시 봤어요? 당신만의 뱅크시 작품을 갖게 된 기분은 어때요? 이 벽화의 의미는 뭔가요? 저희가 여기 있으면 당신한테 방해가 될까요? 그쪽 아파트 월세가 오를까요?"

— (중략) —

15분간의 유명세

내 아파트는 이제 관광지가 됐다.

이 기사를 쓰는 동안 잠시 쉬려고 하니 사람들이 이내 다가와 휴대전화를 건네주며 사진을 찍어달라 말했다.

1시간도 채 되지 않아 나는 영국, 일본, 독일인들 및 언론인부터 학생들까지 다양한 이들과 인터뷰를 했다.

한 호주 남성은 내게 폴라로이드 사진을 찍어 선물했으며, 틱톡 라이브 중인 어느 멕시코 10대 소녀의 팔로워들과도 소통했다. 한 콜롬비아 여성은 만약 자신이라면 이미 패스트푸드와 맥주를 갖다 놓고 팔고 있었으리라 했다. 원래 런던에 8시간만 머무를 예정이었던 어느 노르웨이 여성은 이 벽화를 보러 오는 일정을 최우선으로 잡았다고 했다.

예술이란 무엇인가?

이 아파트에 산 지 6개월이 지났지만, 어제 처음 이웃과 이야기를 나눌 수 있었다. 소말리아 출신의 이 남성은 주변에 사람들이 많아지면서 사생활이 걱정된다고 했다. 벽화 덕분에 이웃과 처음 알게 됐다.

현재 나는 이렇게 살고 있다. 다양한 나라에서 온 사람들을 만나고, 마치 내가 기여한 게 있는 듯 축하를 받고, 미인대회 우승자처럼 사람들과 인사를 나누고, "전 전문가는 아니지만, 제 생각엔…"이라며 벽화에 대한 내 의견을 말한다.

사실 지금은 괜찮지만, 주말마다 빅벤과 버킹엄궁 다음 관광코스가 내 아파트가 돼도 괜찮을진 모르겠다.

이 벽화는 겨울의 끝자락에 나타났다. 런던 도시가 다시 색깔로 물들고, 사람들의 기분이 다시 좋아지는 시점이다.

그래서 내게 이 벽화는 봄을 시작하는 상쾌한 출발점이다. 베일에 싸인 한 천재 덕에 죽어가는 나무와 무너져가던 벽, 그리고 나는 좋은 사람들에게 둘러싸이게 됐다.

그리고 나는 비록 이민자이지만 내가 이 나무 공동체에 진정으로 속해있는 기분을 느낀다.

이런 게 바로 예술이지 않을까.

https://www.bbc.com/korean/articles/c80kdl7e51no(2024, 5.17 인용)

위 기사는 다음과 같은 점에서 독자들의 이목을 집중시키고 있습니다. 첫째, 기사 제목이 솔직하면서도 호기심을 자극하고 있습니다. 둘째, 기사 중간에 리드를 넣어 기사내용을 요약 정리해 주고 있습니다. 셋째, 기사 내용 중에 직접인용을 통해 현장감을 생생하게 전달합니다. 넷째, 사실의 전달 외 마지막 단락에 이 사건의 사회적 가치를 시사하고 있습니다. 여러분들도 이렇게 기사를 써 봅시다.

제목은 진솔하되 호기심을 자아낼 수 있도록 합시다.

리드를 활용하여 전달하려는 메시지가 눈에 들어오도록 합니다.

본문의 진술과정에서 현장감을 줄 수 있는 인터뷰도 첨가해 봅시다.

사실을 전달하되 그 사실이 지닌 사회적 가치와 공공성에 대해서도 숙고해 봅시다.

3. 글의 체계성: 설명서

설명서는 상품에 관한 용도와 사용법에 관한 정보를 담고 있습니다. 설명서의 목적은 곧바로 이해하고 제품을 사용하는 데 있으므로, 객관적이고 명료하게 서술해야 합니다. 어휘는 쉽고 간결하며, 그림을 비롯한 시각적 구성도 중요합니다.

설명서는 대상과 분야에 따라 제품 설명서, 사용 설명서, 과정 설명서, 설계 설명서, 투자 설명서 등으로 다양합니다. 의복 등과 같이 특별한 사용법이 필요 없는 경우에는 제품 설명서가 주종을 이루지만, 가전제품 등과 같이 설계 및 사용법을 숙지해야 할 경우 사용설명서가 주종을 이룹니다. 제품 설명과 사용 설명이 모두 들어있는 '제품사용설명서'도 있습니다. 제품사용설명서의 작성 과정을 살펴볼까요.

❖ 상품을 사용할 대상이 누구이며, 어떤 목적으로 사용하는지 탐색해 봅니다.
❖ 대상·용도·사용법에 따라 설명할 내용을 항목별로 분류해 봅니다.
❖ 각각의 항목에 상세 설명 내용을 작성해 봅니다.
❖ 설명을 도울 수 있는 이미지를 선정해 봅니다.
❖ 이미지와 설명을 적절하게 배치하여 완성합니다.

제품사용설명서는 간결하고 명료한 문장을 써야 합니다.

❖ 계층 및 연령과 무관하게 누구라도 이해할 수 있는 쉬운 표현을 씁니다.
❖ 중의적이지 않게 해당 사항을 명확하게 제시하는 어휘를 씁니다.
❖ 문장은 간결하게 꼭 필요한 어휘로 구성합니다.
❖ 제품 사용 시 발생할 수 있는 다양한 문제를 고려하여 주의사항도 제시합니다. 주의사항은 법적 책임의 문제를 판결하는 기준이 되므로 명확하게 제시해야 합니다.

이 장에서는 생성형 AI의 사용설명서를 소개하겠습니다. UNIST가 학생들에게 제시한 사용설명서는 모든 사용자들이 고려해야 할 사용법을 담고 있습니다.

학습

- 수업 정책을 따르세요

: 수업에 따라 생성형 AI 활용이 금지될 수도 있습니다. 항상 최신으로 업데이트 된 syllabus를 주의 깊게 읽고, 수업 정책에 따르세요. 생성형 AI를 활용하는 것이 수업에 따라서는 부정행위로 간주될 수 있습니다.

- 사실 여부를 확인하세요

: 생성형 AI는 가짜 또는 거짓 콘텐츠를 생성할 수도 있습니다. AI가 생성한 결과물을 사용하기 전에 항상 사실 여부를 확인을 해야 합니다.

- 비판적으로 사고하세요

: 자신이 사용하고 있는 생성형 AI의 단점과 한계를 알아야 합니다. AI의 생성물을 항상 의심하고 비판적으로 사고해야 합니다. 그리고 AI의 생성물보다 더 나은 결과를 추구해야 합니다.

- 생성형 AI를 보조도구로만 활용하세요

: 개인의 경험을 통해서 얻게 되는 창의성과 문제해결력을 생성형 AI가 대체할 수는 없습니다. 생성형 AI에 의존하는 것은 여러분의 학습과 성장을 막을 수 있습니다.

연구

- 학술지나 학회의 생성형 AI 사용 가이드라인을 확인하세요

: 학술지나 학회 별로 생성형 AI에 대한 가이드라인이 상이할 수 있습니다. 투고하려는 학술지나, 참여하려는 학회에 생성형 AI와 관련하여 별도 가이드라인이 있는지 사전에 확인하는 것

이 필요합니다.

- **생성형 AI를 인용하세요**

: 생성형 AI가 연구에 기여한 바가 있다면 인용을 통해 그 사실을 밝혀 주세요.

- **출처를 확인하세요**

: 생성형 AI는 기존의 데이터를 학습하여 새로운 내용을 생성해 냅니다. 생성형 AI를 연구에 활용하는 경우 검색을 통해서 기존의 성과와 겹치지 않는지, 저작권을 침해하지는 않는지 한번 더 확인할 필요가 있습니다.

- **생성형 AI의 편향성에 주의하세요**

: 사전 학습 데이터에 포함된 편향된 정보나 학습 데이터의 편향된 성향이 생성형 AI모델에 반영될 수 있습니다. 이로 인해 특정 인종, 성별, 사회적 이슈 등에 대한 편견이 연구에도 반영될 수 있음을 주의해야 합니다.

보안

- **보안이 필요한 중요한 연구 정보는 생성형 AI와 공유하지 마세요**

: 많은 생성형 AI들은 open platform입니다. 따라서 AI를 사용하며 입력한 내용이 제3자에 의해 기록되거나 분석될 가능성이 있습니다. 비밀이 유지돼야 하거나 지적 재산이 될 수 있는 중요한 연구라면 AI와 공유하는 것은 피해주세요.

- **최신 보안 소프트웨어가 업데이트 돼 있는지 확인하세요**

: 많은 생성형 AI들은 open platform입니다. 따라서 AI를 사용하며 입력한 내용이 제3자에 의해 기록되거나 분석될 가능성이 있습니다. 비밀이 유지돼야 하거나 지적 재산이 될 수 있는 중

요한 연구라면 AI와 공유하는 것은 피해주세요.

- 최신 보안 소프트웨어가 업데이트 돼 있는지 확인하세요

: 생성형 AI가 민감한 정보에 접근하는 것을 막기 위해, 생성형 AI를 사용하기 전 최신 보안 소프트웨어 및 방화벽이 설치돼 있는지 확인해 주세요

- 생성형 AI와 개인정보를 공유하지 마세요

: 생성형 AI와 대화하거나 AI를 사용할 때 본인/타인의 이름, 주소, 전화번호, 또는 그 밖의 개인정보를 공유하지 마세요.

- AI가 생성한 코드를 사용할 때는 주의하세요

: AI가 생성한 코드는 에러나 보안상 취약점이 있을 수 있습니다. AI가 생성한 코드를 사용하기 전에는 확인 과정이 반드시 필요합니다.

생성형 AI활용 가이드
(UNIST 2023)https://heyzine.com/flip-book/a9b98c0d61.html#page/16

위의 사용설명서를 통해 설명서의 특징을 확인할 수 있습니다. 첫째, '대상'과 '목적'을 염두에 두고 작성했습니다. 둘째, 용도에 따라 설명할 내용을 항목별로 나누어 분류했습니다. 셋째, 누구나 이해할 수 있는 간결하고 명료한 어휘로 구성되어 있습니다. 필요에 따라 이미지가 첨가되겠지만, 설명서를 만들 때에는 대상과 목적, 용도별 항목 분류, 쉽고 간결한 표현에 주의하도록 합시다.

4. 글의 핵심적인 특징: 광고문

광고는 기업, 개인, 단체 등이 특정 목표를 달성할 목적으로 상품, 서비스, 이념, 정책에 관한 정보를 세상에 알리는 활동입니다. 광고문은 광고의 목적에 따라 상품 광고, 기업 광고, 구인구직 광고, 의견 광고 등이 있습니다. 이 외 다수의 글에는 광고적인 요소와 성격이 있습니다.

상품 광고는 상품에 대한 소비자의 욕구 촉발과 상품 소비, 기업 광고는 기업에 대한 이미지 만들기, 구인구직 광고는 광고 당사자의 장점을 드러내어 구직 혹은 구인하기, 의견 광고는 국가나 특정 기관의 의견을 알리는 데 목적이 있습니다. 이 외 자신을 포함하여 자신이 관계하는 일을 소개할 때에도 광고의 성격을 염두에 둘 필요가 있습니다. 광고는 전략적 글쓰기라는 점에서, 눈길을 끄는 글에는 광고적인 요소가 다소 내재해 있습니다.

광고문은 다음과 같은 특징이 있습니다.

- ❖ 광고 주체의 뚜렷한 의도와 목표를 담고 있습니다.
- ❖ 광고 주체와 소비자 간의 긴밀한 커뮤니케이션을 전제로 합니다.
- ❖ 광고문에는 알리려는 대상에 대한 뚜렷한 정보가 있습니다.
- ❖ 짧은 시간과 문구로 의도를 전달하므로, 어휘의 함축성이 요구됩니다.

광고문의 작성 절차는 다음과 같습니다.

- ❖ 누구를 대상으로 광고할 지 정합니다.
- ❖ 상품이 지닌 핵심적인 특징을 파악합니다.
- ❖ 핵심적인 특징을 가장 잘 전달할 수 있는 이미지(시각적 그림 등)를 선정합니다.
- ❖ 상품의 핵심적인 특징을 잘 드러낼 수 있도록 문안을 작성합니다.
- ❖ 선정한 이미지(그림)와 광고 문안을 조화롭게 배치합니다.

잘 만들어진 광고문은 어휘의 사용 전략이 돋보입니다. 널리 알려진 광고문을 통해 대상의 핵심적인 특징(전달내용)이 어떤 방식으로 드러났는지 보겠습니다.

상품	광고문	핵심적인 특징
에이스 침대	침대는 가구가 아닙니다, 과학입니다	'과학'
초코파이	情은 따뜻한 힘이 됩니다	'정(情)', '따뜻한 힘'
대우 푸르지오	보이는 크기보다 가치의 크기를 아는 그녀	'가치의 크기'
파버카스텔 지우개	지우면 더 창의적인 것이 보입니다	'창의적인 것'

광고의 승패는 동일 대상의 다른 회사 제품과 구분되는 '핵심적인 특징(전달 내용)'을 찾는 데 있습니다. 에이스침대는 '과학'이

라는 어휘를 통해, 인체에 과학적으로 접근하여 만들었다는 신뢰를 담아냅니다. 침대는 가구라는 보편적인 인식과 구분되는 차이를 '과학'이라는 독창성으로 강조했지요.

초코파이는 '정(情)'이라는 어휘를 통해 쉽게 구입하여 다른 사람과 나누어 먹을 수 있다는 '따뜻한 힘', 인정(人情)의 가치를 부각시켰습니다. 푸르지오는 '가치의 크기'를 내세워 아파트의 현재 가치뿐 아니라 미래의 자산 가치까지 내포하고 있습니다. 파버카스텔 지우개는 '창의적인 것'이라는 어휘를 통해 지움이 창의의 시작임을 강조했습니다.

광고문의 핵심적인 특징(전달내용)은 동일 대상의 다른 상품과 구분되는 차별화 전략에 있습니다. '차이'를 발견한 후, 그것을 적절하게 전달할 수 있는 '이미지'를 만든 것입니다. 시에서 원관념의 전달 방식으로 보조관념을 활용하듯이, 광고문에서는 광고 대상의 가치를 전달하기 위해 대상이 지닌 핵심적인 특징을 그림, 색채, 특정 어휘, 특정 배우 등과 같은 보조관념을 활용합니다.

차이를 발견하고 그것을 효과적으로 전달하기 위한 이미지를 발견해 내는 것은, 광고문에만 국한되지 않습니다. 지방자치제로 접어들면서 각각의 도시는 고유의 이미지와 문구를 만들어 홍보하고, 특정 행사는 행사의 성격을 반영한 마스코트를 만들어 홍보에 활용합니다. 우리는 누군가에게 자신을 표현할 때 다른 사람과 구분되는 자신만의 차이를 발견해야 합니다. 그것을 이미지로 적절히 표현할 수 있다면 자신의 가치가 훨씬 돋보일 수 있습니다.

5. 문장과 단락의 요건

문장의 요건 : 정확성, 경제성, 명료성

글은 정보이며 전달을 목적으로 합니다. 설명은 전달의 가장 기본적인 방식입니다. 설명은 목적, 대상, 상황에 따라 구성과 진술방식의 차이를 보이지만, 전달에 가장 적합한 문장을 취하고 있습니다. 정보의 이해에 목적이 있으므로, 읽는 사람의 입장에서 낯설거나 어렵게 느껴져서는 안 됩니다. 모르는 사람이라도 읽고 알 수 있도록 다음 사항을 고려하여 문장을 씁시다.

❖ 사실에 근거해야 합니다.

❖ 정확하고 객관적이어야 합니다.

❖ 간결하고 명료해야 합니다.

문장과 문장의 연결은 체계적이어야 합니다. '체계'는 문장과 문장 간의 질서에서 옵니다. 문장과 문장간의 연결은 숫자 1, 2, 3, 4, 5, 6, 7, 8, 9, 10으로 표현할 수 있습니다. 문장과 문장 간에는 균질한 차이를 지녀야 합니다. 하나의 정보와 이어지는 정보 간에 비약이나 생략이 있어서는 안 됩니다. 일정한 질서를 갖추고 있어야 합니다.

예1) 1-2-3-4-5-6-7-8-9-10

예2) 1-3-5-7-9

예3) 1-4-7-10

예1)에서는 새로운 정보가 하나(1)씩 추가되고 있습니다. 정보의 중복됨도 없을 뿐만 아니라 이어지는 정보도 일정한 비율로 추가되고 있습니다. 예2)에서는 2만큼, 예3)에서는 3만큼 점진적이고 체계적으로 새로운 정보가 늘어나고 있습니다. 실제 문장으로 예시를 들면 다음과 같습니다.

1. 눈은 크지 않은 반달이다.
2. 코도 오똑하지만 날카롭지 않다.
3. 귀는 장미처럼 포개져 있으며 귀의 볼도 넓다.
4. 입은 늘 미소를 머금고 있다

   얼굴은 친근하고 호감 가는 인상이다.

의견(주장)+근거의 문장 쓰기도 위와 마찬가지로 설명할 수 있습니다. 의견을 담은 문장을 임으로 가, 나, 다, 라, 마, 바, 사, 아, 자, 차로 표현하고 그에 대한 근거를 a.b.c...로 표현한다면, 이 역시 문장(정보)과 문장(정보) 간에 일정한 질서를 유지해야 합니다. 하나의 정보와 이어지는 다음 정보 간에 비약이나 생략이 있어서는 안 됩니다. 지면의 조건, 분량상의 차이는 있을지언정, 문장과 문장은 질서정연하게 써야 합니다.

예1) 가-나-다-라-마-바-사-아-자-차

예2) (가-a-b..)-(나-a-b..)-(다-a-b..)

*한글 - 의견, 영문 - 근거

좋은 문장은 문장과 문장 간에 질서 외에도 적당한 어감과 밀도를 갖추고 있습니다. 전달의 효과를 극대화 하기 위해 긴장과 상징성 등을 고려합니다. 이를 잘 보여주는 것이 광고문입니다. 광고문은 지면과 문장의 제약으로 인해 밀도 있는 어휘를 구사합니다. 우리는 때때로 관심과 긴장을 유도하기 위해 감각적이면서 함축적인 어휘를 구사할 수 있어야 합니다. 질서정연한 문장 쓰기를 하되, 상징적인 어휘를 적절히 활용함으로써 글의 깊이를 더할 수 있습니다.

단락의 요건: 통일성, 완결성, 응집성

글을 구성하는 과정에서, 하나의 단락에는 하나의 느낌과 생각을 표현하는 데 주력해야 합니다. 각각의 단락은 통일된 내용으로 구성되어야 하며, 완결성을 지녀야 합니다. 전달하려는 내용이 하나의 주제로 응집되어야 합니다. 또 다른 느낌과 생각을 전달할 때는 단락을 새롭게 구성해야 합니다. 하나의 단락은 통일성, 완결성, 응집성을 유지해야 합니다.

단락과 단락 쓰기에서도 질서가 유지되어야 합니다. 글 쓰는 사람의 관점이 어느 한쪽에만 치우쳐 있다는 인상을 주지 않도록, 단락별 정보와 문장의 양에도 주의해야 합니다. 글쓴이의 가치중립적 시각이 드러나도록, 단락의 구성과 분량에도 유의해야 합니다. 단락과 단락 간의 지면 배분을 고려하도록 합시다.

단락과 단락 간에 긴밀성도 고려해야 합니다. 문장과 문장의 연결이 비약 없어 일정한 질서를 유지하여 정보를 제시했던 것과 마찬가지로, 단락과 단락의 연결도 순차적이고 체계적으로 전개되어야 합니다. 대상(주제)의 정보를 전달하기에 필요한 만큼의 단락을 구성하여 정보의 누락이 없도록 해야 합니다.

2장 의견 전달하기

1. 주장하기

사실 전달에 익숙해졌다면 의견 전달하기를 익혀 보겠습니다. 이 장에서는 자신의 의지와 의견을 표현하는 연습해 보겠습니다. 설득력 있게 전달되기 위해서는 근거를 찾을 수 있어야 하며, 가치를 발견하고 쟁점을 탐구할 수 있어야 합니다.

감상문, 비평문, 논설(칼럼)을 통해 자신의 생각과 입장을 설득력 있게 전달해 봅시다. 감상문, 비평문, 논설(칼럼)은 '설득'과 '동의'를 구하는 강도 차이만 있을 뿐 주장하는 글입니다. 비평문과 논설에 비해 감상문은 설득과 동의의 목적이 옅은 셈이지요.

주장하는 글은 다음과 같은 요소로 구성되어 있습니다.

○ 제재(題材)

• 글의 주제가 되는 재료입니다.
• 글을 쓸 때는 다루려고 하는 제재를 정확하게 파악해야 합니다.

○ 논거(論據)

• 논리적인 근거로서, 글쓴이가 그렇게 생각하는 이유와 근거입니다
• 논거는 주장을 뒷받침할 수 있는 근거로 다양한 정보를 활용할 수 있어야 합니다.
• 논거는 신뢰성, 권위, 검증된 내용을 제시해야 합니다.
• 근거는 사실(事實)과 소견(所見)으로 나눌 수 있습니다. 사실은 널리 알려진 지식이나 정보, 역사적 사실 등을 말합니다. 소견은 자신의 주장을 뒷받침하기 위해 제시된 다른 사람의 견해를 말합니다.

○ 논지(論旨)

• 글에서 궁극적으로 주장하려는 의도, 목적, 주제에 해당합니다.
• 논점이 흐려지지 않도록 분명하고 간결해야 합니다.
• 반대되는 논지, 논거도 공평하게 제시되면 논지와 논거의 설득력이 커집니다.

2. 근거 찾기: 감상문

감상문은 어떤 작품에 대한 나의 느낌과 생각을 형식의 제약을 받지 않고 자유롭게 쓴 글입니다. 작품은 책이 될 수도 있고, 음악, 그림, 연극, 영화 등 다양한 대상이 될 수 있습니다. 감상(感想)은 마음에 느끼어 일어나는 생각으로, 객관적인 사실보다 주관적인 느낌을 적습니다. 가장 중요한 것은 '내가 어떻게 느꼈는가'지요. 특정한 방법이 있는 것이 아니라 각자 자신의 경험과 삶 속에서 사유하고 성찰하면 됩니다.

감상문은 감상 위주로 쓴 글이지만 한 편의 독립된 글입니다. 그러므로 그 작품을 모르는 사람이 읽어도 이해하고 공감할 수 있도록 써야 합니다. 감상문을 읽는 사람은 글에 제시된 기본 정보를 통해, 글쓴이의 감상에 설득되기도 하고 또 다른 생각을 가질 수도 있습니다.

글의 구성은 모든 글이 그러하듯 처음-중간-끝의 일반적인 형식을 지닙니다. 일기, 시, 편지, 만화, 노래, 기사문 등의 형태로도 쓸 수 있습니다. 형식은 자유롭지만, 글이 지닌 완결성과 통일성은 염두에 두어야 합니다. 코스 요리를 먹을 때처럼, 중간(본문)에 쓸 중심 생각을 기준으로 처음과 끝을 구성합니다. 처음은 본문의 이해를 도울 수 있는 정보를 제공하고, 끝은 본문에서 다룬 내용을 요약하고 정리하는 것이 좋습니다. 마지막으로 감상문의 제목은 지금까지 쓴 내용을 집약할 수 있는 것으로 만들어 봅시다.

다음과 같은 전개 방식으로 써 봅시다.

○ 처음

• 작품을 접하게 된 계기, 작품에 대한 첫인상, 작가에 대해 씁니다.

○ 중간

• 작품에 대한 생각이나 느낌을 구체적으로 씁니다.
• 감상문에도 근거가 필요합니다. 느낌을 쓰되, 그것이 어디에서 비롯되었는지 밝혀주어야 합니다.
• 특정 감상을 불러일으키는 부분에 대한 기본 정보와 그에 대한 분석을 제시하면서 감정을 표현해야 합니다.
• 줄거리 전체를 써야한다는 부담은 갖지 않도록 합시다. 작품의 일부 중에서 가장 마음에 와 닿는 것을 쓰면 됩니다. 작품이 이야기 형식을 갖추었다면 가장 와 닿는 사건, 가장 와 닿는 인물, 가장 인상적인 배경을 중심으로 쓸 수 있습니다.

○ 끝

• 작가 의도와 작품 주제를 추론하며 자신의 느낌을 정리해 봅시다.

감상문의 구조

• 처음 ⇨ 대상에 대한 기본 정보(작가, 제목, 제작시기, 스토리 등)
• 중간1 ⇨ 인상적인 부분에 대한 설명과 그 이유1
• 중간2 ⇨ 인상적인 부분에 대한 설명과 그 이유2
• 끝 ⇨ 작품의 주제 유추 및 느낌 정리

감상문 예시

황순원(1915~2000)은 일제 강점기 소설을 발표할 수 없을 때에도 소설을 창작했습니다. 황순원이 「물 한 모금」을 창작하던 1943년은 일제 강점기였고, 한글 창작과 발표가 용이하지 않았던 시기입니다. 집필 당시 그는 평양 기림리 모래터에 살았으며, 1943년 가을을 지나 일제 말기에는 고향 평남 대동군 빙장리로 소개해 갔습니다. 단편 「물 한 모금」을 1943년에 창작했지만, 1951년 창작집 『기러기』를 통해 독자들에게 선보이게 되었습니다. 2010년대에는 교과서에 수록되면서 널리 알려집니다.

물 한 모금의 가치

- 황순원의 「물 한 모금」(1943)을 읽고

황순원의 「물 한 모금」(1943)은 늦은 가을 저녁 무렵, 농촌의 간이역 인근에서 비를 피하는 사람들의 풍경을 한 폭의 그림처럼 보여준다. 사람들은 정거장을 지천에 두고도 비 때문에 목전에 있는 초가집 옆 헛간에서 몸을 피한다. 누추한 헛간은 비 내리는 저녁의 을씨년스러움과 대비되어 일상의 아늑함을 소환해 낸다. 갈 길은 멀고 찬비는 내리는데, 누군가 그들에게 작은 친절을 베푸는 사건이 발생한다. 이 작품에서 작가는 삶의 아득함을 앞두고 살아가는 우리들에게, 그 삶 속에는 온정어린 아늑함도 존재하고 있음을 보여준다. 작중 배경과 사건은 소박하고 간결하다.

헛간에 모여든 사람들은 늦가을 찬비를 바라보며 생활을 걱정한다. 우선, 가을걷이를 해야 할 벼와 채소에 미칠 피해에 생각이 머문다. 6시 차를 타고 막내딸의 해산바라지를 하러 가려는 노파는 마음이 무겁다. 도시(평양)에 가서 까막눈으로 낯선 길을 헤매야 할 터인데, 저문 저녁의 가을비는 마음을 무겁게 내리누른다. 이때 간판 사나워 보이는 헛간 주인이 다가와 그들 주위를 살피고 간다. 그들은 당장 헛간을 나서야 할 것 같은데, 멎은 듯 하던 비가 찬바람과 함께 다시 퍼붓는다. "이제 비가 그치고 찬바람이 나오려는가 보다. 아직 비도 채 멎지 않았는 데다 이 바람에 밖은 무던히 차가울 것만 같다. 그래 누구 하나 선뜻 나서는 사람이 없다. 그러는데 다시 비가 몰려온다. 소나기다."[1] 이때 무겁게 가라앉은 사람들의 마음을 녹이는 작은 사건이 발생한다. 험상스런 얼굴의 집주인이 나타나, 주전자와 차종을 이편으로 내미는 것이다.

> "찻종에 붓는데 김이 엉긴다. 그 김을 보기만 해도 속이 녹는 것 같다. 먼저 수염 긴 노인이 마시고, 노파가 마시고, 그러고는 옆 사람 순서로 마신다. 한 모금 마시고는 모두, 에 됴타, 이제야 속이 풀리눈, 하고들 흐뭇해한다. 단지 그것이 더운 맹물 한 모금인데도. 그러나 그것은 헛간 안의 사람들이나 밖에 무표정한 대로 서 있는 주인이나가 모두 더운물에서 서리는 김 이상의 뜨거운 무슨 김 속에 녹아드는 광경이었다."[2]

사람들은 늦가을 저녁 찬비로 온기를 나눈다. 그것은 물 한 모금이 아니라 그 이상이었다. 이제 그들은 하나둘 정거장으로 길을 나선다. "노파도 이제는 비가 가늘어졌지만 물 한 모금에 기운을 얻어 사람들 틈을 빠져나와 먼저 떠날 준비를 차릴 수 있었다." 큰 사건 혹은 문제적 인물을 보여주지 않지만, 이 작품은 고단한 우리 삶에 스며들어 있는 일상의 따뜻한 풍경을 단아하게 재현해 놓았다.

- 안미영, 『밀레니얼 세대 청춘 시학』, 소명출판, 2022, 28~32면 참조.

감상문의 처음 부분은 작품의 배경을 소개했습니다. 늦은 가을이라는 시간적 배경, 농촌 간이역이라는 공간적 배경을 설명하고 있습니다. 중간은 작중에서 가장 두드러진 사건 소개에 초점을 맞추고 있습니다. 중간은 2개 단락으로 구성되어 있습니다. 중간1은 '중심 사건' 중심으로 작품을 소개하고, 중간2는 인용을 통해 중심 사건의 근거로 제시하고 있습니다. 마지막에는 이 작품에 대한 글쓴이의 의견이 제시되어 있습니다.

예문에서 알 수 있듯이 감상문에는 특정 대상을 읽고 보는 전문 지식이 필요한 것이 아닙니다. 보는 사람이 어디에서 무엇을 느끼는가가 가장 중요합니다. 느낌에는 정답이 아니라 다양성이 존재합니다. 느낌의 기원을 찾기 위해 더 자세히 보고, 더 오랫동안 볼 필요가 있겠지요. 감상문은 나와 대상 간에 자유로운 대화입니다.

3. 가치 발견: 비평문

감상문에 비해 비평문은 설득의 성격을 지니고 있습니다. 감상문이 작품에 대한 느낌이나 생각 중심의 글이라면, 비평문은 대상에 대한 가치 평가를 목적으로 합니다. 비평문은 문학, 영화, 연극, 음악, 교육, 정치, 문화 등 여러 영역에 걸쳐 쓸 수 있습니다.

비평의 사전적 의미는 '사물의 옳고 그름, 아름다움과 추함 따위를 분석하여 가치를 논'하는 것입니다. 비평의 대상은 문학을 포함하여 예술작품일 수도 있고 특정 사안이나 이슈가 될 수도 있습니다. 논설(칼럼)도 대상만 다를 뿐 가치 평가를 지향한다는 점에서 일종의 비평문입니다.

비평문을 쓸 때, 처음부터 대상이 지닌 가치를 써 내려간다면 설득력이 없거니와 쓸 수도 없습니다. 처음 떠오르는 것은 주관적인 감상이지만, 글을 쓸 때는 자신의 인상이나 기호(嗜好)를 치밀하게 분석해야 합니다. 나아가 동시대 사회와 문화의 맥락에서 객관화 하여 대비(對比)하고 평가해야 합니다.

비평의 절차는 이해, 분석, 주제파악, 가치평가 순으로 이루어집니다. 비평의 궁극적인 도달점은 대상에 대한 평가지만, 평가에 도달하기 전에 대상에 대한 꼼꼼한 이해와 분석이 선행되어야 합니다. 대상에 대해 분석과 자세히 읽기는 비평의 전제로서, 그 과정에서 가치 평가의 논거를 찾을 수 있습니다.

다음과 같은 전개 방식에 따라 비평문을 써 봅시다.

ㅇ 첫 단계

- 대상에 대해 꼼꼼하게 이해합니다.
- 창작품의 경우 작가와 발표 시기, 발표 매체 등을 고려해야 합니다.
- 소설, 영화, 드라마 등 서사의 경우 인물·사건·배경 위주로 텍스트 전체를 이해하고, 부분과 부분의 관계, 부분과 전체의 관계를 이해해야 합니다.

ㅇ 두 번째 단계

- 다양한 각도에서 분석과 해석이 이루어져야 합니다.
- 서사구조의 경우 특정 해석방법이 있어도 좋겠지만, 글을 쓰는 사람 자신의 객관적인 시각에 기대어 대상의 전모만이 아니라 각각의 부분이 지닌 구체적인 특징을 분석해도 됩니다.
- 대상에 대한 다양한 분석과 해석은 대상이 지닌 가치를 평가할 수 있는 풍부한 근거가 됩니다.

ㅇ 세 번째 단계

- 분석과 해석을 거쳤으므로 의도를 알고 주제를 파악할 수 있습니다.
- 작품의 경우 전체 맥락에서 만든 사람의 창작 배경과 주장하려는 바가 무엇인지 정리할 수 있습니다.

ㅇ 네 번째 단계

- 객관적인 가치평가를 내릴 수 있습니다.
- 이해와 분석을 기반으로 주제를 파악했으므로 대상과 문제에 대해 진단하고 총체적으로 평가할 수 있습니다.

- 가치평가는 개인적인 독해의 결과가 아니라 작품을 둘러싼 사회와 문화를 근거로 이루어져야 합니다.
- 냉철한 비판은 또 하나의 의미를 창조해 내는 일일 뿐 아니라 궁극에는 글 쓰는 사람의 세계관 확장에 기여합니다.

비평문의 구조

- 서론 ⇨ 대상의 정의와 설명, 의미와 특징(작가, 제목, 제작시기, 스토리 등)
- 본론1 ⇨ 대상의 긍정적 미덕, 장점
- 본론2 ⇨ 대상의 부정적 한계, 단점
- 결론 ⇨ 대상에 대한 가치평가와 의의

비평문 예시

츠베탕 토도로프(Tzvetan Todorov, 1939~2017)는 문예이론가입니다. 그는 『일상 예찬』에서 17세기 네덜란드 회화의 가치를 평가하고 있습니다. 중세 기독교적 세계관의 붕괴 이후 일상 생활을 배경으로 삶의 의미를 찾기 시작할 무렵, 당대 상대적으로 부유했던 17세기 네덜란드 사람들은 그들의 일상에서 아름다움을 발견했다는 것입니다. 17세기 네덜란드 회가들이 발견한 일상에 대한 예찬은 현대 우리의 삶에도 유효한 명제이므로 가치가 있다는 것입니다.

일상 예찬

유럽적인 전통(그리고, 아마도 유럽만 그런 것은 아니리라.)은 모든 것을 단정적으로 대립시키면서 세계를 해석하는 이원론적 세계관의 흔적을 깊이 지니고 있다. 그런 세계관의 한 끝은 찬양이고 한 끝은 비방이다. 선과 악, 정신과 육체, 숭고한 행위와 비천한 행위가 그 예다. 이원론이라는 이단을 물리쳤던 기독교마저도 그 바이러스에 전염되어버렸다.

네덜란드 회화는 이원론적 세계관이 여지없이 깨졌던, 몇 안 되는 역사적 순간 중의 하나를 보여준다. 그 이원론은 그림을 그리던 각 개인들의 의식 속에서라기보다는 그림 그 자체 내에서 깨졌다. 아름다움이란 범속한 사물들 저 너머에 있는 것이 아니라 그 자체의 내면에 깃들여 있고, 거기서 그 아름다움을 끌어내서 모든 이에게 드러내 보이는 데는 인물의 눈빛 하나만으로도 족한 것이다.

네덜란드 화가들은 한동안 일종의 은총 - 전혀 종교적인 것이나 신비주의적인 은총은 아니다.- 을 입은 상태였다. 물질적인 것에 가해졌던 저주를 풀어주고, 사물들의 존재 자체를 즐기게 해주고, 이상과 현실을 서로 침투시키는, 따라서 삶의 의미를 삶 그자체 속에서 찾도록 해주는 은총이었다. 그렇다고 그들이 전통적으로 아름다운 것으로 알려진 어떤 요소를 다른 것으로 대치한 것은 아니었다. 아름다움이란 세상 모든 존재 속에 고루 스며들 수 있다는 사실을 그들은 발견했던 것이다.

세상에 이걸 모르는 사람도 있을까마는, **일상생활이** 반드시 즐거운 것은 아니다. 심지어도 너무나 자주 숨이 팍팍 막히는 것이 일상생활이다. 기계적으로 반복되는 행위들 속에 숨 돌릴 새도 없이 밀려드는 근심 걱정에 파묻히고 그저 자신과 가족의 삶을 유지하기 위해 진을 뺀다. 이런 이유들 때문에 사람들은 몽롱한 꿈과 도피와 영웅적인 또는 신비적인 황홀 상태의 유혹에 그토록 시달린다. 하지만 이 모두가 결국 허황한 해결책에 지나지 않는다. 일상생활을 경시하거나 또는 다른 것으로 대체해서는 안 되며, 일상생활이 의미와 아름다움으로 환히 다시 태어날 수 있도록 안에서부터 변화를 가해야 한다. 그런데 도대체 어떻게 이것이 가능할까?

현대 사회는 우리가 일상에서 겪을 수 있는 고통의 원인 가운데 하나인 육체적 피로에 대해, 인간의 힘을 기계활동으로 대치시킴으로써 효과적으로 대처할 줄 알았다. 육체적 노고로 쇠진해 버린 인간은 매 순간을 쾌적하게 누리기가 어렵기 때문이다. 그러나 현대 사회는, 우리가 행위 각각의 아름다움을 음미할 수 있도록 가치체계의 방향을 바꾸지는 못했다. 어쩌면 원하지 않았는지도 모른다. 그러한 가치 체계가 우리를 둘러싼 사람들을 향한 것이든 사물들을 향한 것이든 말이다. 우리 현대인들은 그 무엇보다도 효율성을 최고의 가치로 애지중지하면서 가까운 사람들과 우리 자신을 하나의 수단으로, 도구로 바꿔놓기까지 한다. 모든 것은 마치 사건을 가장 빨리 해결하기 위해 서두르고 그 시간 동안은 인생을 중지하기라도 한 것처럼 벌어진다.

그러나 이런 과도기적인 상황은 지속되고 마침내는 언제나

뒤로 미뤄두었던 삶의 목표를 대신하기에 이른다. 아마 우리도 언젠가는 우리가 하는 일상적 행위의 속도를 늦추는 것이 아니라 - 그렇게 되면 너무나 큰 우리 자신의 일부를 포기해야 할 테니까 - 우리 의식 속에 남아있는 그 행위들의 느낌을 느린 동작으로 늦추는 법을 배우게 되리라 그 행위들을 가슴 속에서 다시 살아보고 음미할 시간을 스스로 갖기 위해서. 그렇게 되면 일상생활은 예술작품이나 정신적 작품들과의 대립을 멈추고 하나의 작품만큼이나 아름답고 의미로 가득한 삶이 되리라.

어떤 아이가 아무 이유도 없이 그냥 기분이 좋아서 굉장히 기뻐하는 순간을 포착할 때가 있다. 그것은 순수한 상태의 기쁨이며, 어떤 눈빛이나 어떤 무심한 행위 속에서 체험한 충만감이다. 어른은, 오랫동안 향수로 간직하게 될 예외적인 순간들을 빼고는 그런 것을 경험할 수 없다고 느낀다. 그런 예외적인 순간들은 그가 자신의 존재를 온 몸과 마음으로 살았던 축복의 순간, 은총의 순간들이다. 전혀 유치하지도, 목가적이지도 않은 네덜란드 회화는 바로 이런 이유 때문에 우리에게 소중한 것이리라. 그런 순간들이 있다는 것을 우리에게 다시 확인시켜주고, 어린 시절의 울타리를 벗어난 다음에도 우리가 따라가게 될 오솔길을 가르쳐주기 때문이다.

— 츠베탕 토도로프, 이은진 옮김,
『일상 예찬-17세기 네덜란드 회화 다시 보기』,
뿌리와이파리, 2003, 218~221면.

비평문은 의견을 객관적으로 전달해야 하므로 근거가 풍부할 수록 좋습니다. 비평문을 작성하기 위해서는 감상문과 비평의 관계를 알아야 합니다. '감상'이 주관적인 느낌을 기술한다는 점에서 논외로 하기 쉬우나, 감상은 비평의 전 단계에서 이루어지는 자유로운 사유 활동입니다. 감상의 활성화를 통해 대상에 대한 자유로운 의견이 펼쳐질 수 있기 때문입니다. 다양한 감상과 느낌이 축적된 뒤에야 이를 바탕으로 의견과 주장이 발전된 형태로 드러날 수 있습니다.

4. 쟁점 탐구: 논설(칼럼)

비평문이 텍스트(작품)를 대상으로 삼는다면 '논설(칼럼)'은 이슈를 대상으로 가치를 발견하는 글입니다. 대상이 다를 뿐 양자 모두 비평이라는 점에서 서술방식이 동일합니다. 논설은 누가 쓰느냐에 따라 사설, 칼럼, 독자투고 등으로 나누어집니다.

사설이 신문사의 입장을 밝히는 글이라면, 칼럼은 개인의 의견을 밝히는 글입니다. 모두 저널에 실리는 글이므로 사회적 쟁점을 비롯한 시의성을 고려해야 합니다. 칼럼은 특정 쟁점을 다루고 있으므로, 쟁점이 되는 사건이나 문제에 대한 개념과 자료를 조사할 필요가 있습니다. 조사한 자료를 바탕으로 자신의 의견을 서술해 봅시다.

논설(칼럼)은 비평문과 마찬가지로 특정 이슈를 대상으로 가치평가한다는 점에서 전개과정이 비평문과 유사합니다.

○ 첫 단계

- 대상에 대해 꼼꼼하게 이해합니다.
- 특정 사건이나 대상을 다룰 경우 사건의 발생 계기 및 추이, 대상에 대한 개념과 기본 정보를 찾아보아야 합니다.

○ 두 번째 단계

- 다양한 각도에서 분석과 해석이 이루어져야 합니다.
- 대상에 대한 다양한 분석과 해석은 대상이 지닌 가치를 평가할 수 있는 풍부한 근거가 됩니다.
- 특정 사건이나 사안을 다룰 경우, 그를 둘러싼 다양한 입장과 견해의 차이를 분석해야 합니다.

○ 세 번째 단계

- 특정 사건이나 사안의 경우 사건의 발생과정과 다양한 입장을 파악했으므로, 해당 사건의 전모를 알고 사회적 파장을 알 수 있습니다.
- 대상에 대한 정보에 기초하여 분석과 해석이 이루어졌으므로, 소신과 확신을 가지고 주제와 의의를 서술할 필요가 있습니다.

○ 네 번째 단계

- 객관적인 가치평가를 내릴 수 있습니다.
- 대상이 만들어진 배경과 수용되는 현실을 배경으로 가치를 진단하고 평가합니다.
- 냉철한 비판은 또 하나의 의미를 창조해 내는 일일 뿐 아니라 궁극에는 글 쓰는 사람의 세계관 확장에 기여합니다.

비평문과 마찬가지로 서론, 본론, 결론의 구조를 지키도록 합시다.

논설(칼럼)의 구조

- 서론 ⇨ 대상의 정의와 설명, 문제 제기
- 본론1 ⇨ 다양한 각도에서 문제를 발견하고 지적1 / 대상의 긍정적 의의
- 본론2 ⇨ 다양한 각도에서 문제를 발견하고 지적2 / 대상의 부정적 의의
- 결론 ⇨ 대상에 대한 평가와 방향성 제시

논설(칼럼) 예시

아즈마 히로키(1971~)는 일본의 젊은 철학자입니다. 『약한연결』 중에서 글의 처음에는 강한 유대 관계에 대한 의문을 제기합니다. 중간에는 강한 유대 관계의 한계를 지적하고 약한 유대 관계의 가치를 강조합니다. 약한 유대 관계의 영향력을 강조하기 위한 근거로 자신의 딸을 예시로 들었습니다. 친자 관계뿐만 아니라 우리 삶의 상당 부분이 우연성에 기대고 있음을 주장합니다. 글의 끝에서는 다시 한번 자신의 주장을 강조하고 본문에서 다룬 내용을 정리합니다.

'약한 것'이 강하다

강한 유대관계는 계획성의 세계다. 그래서 타산적이고 신중한 사람은 강한 유대관계를 추구한다. 지금 자기가 놓인 환경에서 통계적으로 최적의 성과를 내기 위해 힘쓴다. 자기계발서와 인생 설계 매뉴얼이 쓰여 있는 대부분의 방법이기도 하다. 하지만 삶이 언제까지 계속될지는 아무도 모른다. 삶은 한 번뿐이기 때문에 평균 수명이 얼마건, 80세까지 살건 내가 죽으면 끝이다. 그런데도 통계를 기본으로 한 계획에 따라 손실을 방지하는 것이 옳은 걸까?

통계로 알 수 있는 지식은 만약 몇 번이라도 삶을 살 수 있다면 확률적으로 그 선택이 가장 이익이 크다는 것뿐이다. 한 번뿐인 '나의 삶'에 대해 통계는 아무것도 가르쳐주지 않는다. 표준은 통계적인 조정을 통해 생기며 실제로 표준대로 삶을 사는 사람은 한 명도 없다. 누구의 삶이든 사고나 질병 등 예상 밖의 문제로 가득하다. 몇 살에 결혼하고 몇 살에 얼마를 저축하고 몇 살에 아이가 생기고... 체계적으로 계산해서 계획을 세워도 그런 계획은 사소한 우연으로 순식간에 날아가버린다.

한편 약한 유대관계는 우연성의 세계다. 인생은 우연으로 가득하다. 이를 상징하는 것이 '아이'다. 여러 번 말했듯이 나에게는 초등학교에 다니는 딸이 하나 있다. 내가 보기에는 예쁘고 만족스럽지만 딸이 '이 아이'인 것은 우연일 뿐이다. 딸아이는 내가 서른네 살 때 태어났는데, 이십대에 낳았다면 당연히 다른 아이였을 것이다. 그뿐만이 아니라 아이는 기본적으로 정자와 난자의 우연한 조합에 지나지 않으므로 만약 지금 타임머신을 타고 시간을 거슬러 올라가 같은 날, 같은 시간에 같은 아내와 같은 행위를 다시 한다 해도 유전적으로 다른 사람일 가능성이 크다. 만약 내 딸이 지금의 딸이 아니라 전혀 다른 아이였다면 내 생활은 전혀 달랐을 것이다.

이처럼 삶은 대부분 아슬아슬한 우연에서 성립한다. 친자관계는 인간관계에서도 가장 강한 것이지만, 이는 서문의 분류에 따르면 '약한 유대관계'의 전형이다. 우연과 필연의 관계, '이 한 번뿐인 삶'과 통계의 관계. 이것이 내 철학의 주제이고, 이 책에 깔려있는 문제의식이다. 이 책에서 '새로운 검색어를 찾아라'라는 표현을 통해 거듭 전하고 싶은 메시지는 "통계적인 최적 따위는 생각하지 말고 우연에 몸을 맡기라"는 것이다. 최적의 패키지를 음미한 후에 고르는 인생은 온라인 서점의 추천에 따라 책을 사는 것과 같다. '꽝'을 뽑는 일은 없겠지만 대신 만남도 없다. 오프라인 서점에서 어쩌다 눈에 들어와 사게 되는, 그런 우연성에 몸을 맡기는 쪽이 훨씬 풍부한 독서경험을 가져온다.

우연히 찾아온, 세상에 딱 하나뿐인 '이 딸'을 사랑하는 것, 이 '약함'이 강한 유대관계보다 강하다는 사실을 깨달았을 때, 나는 인터넷에서 끊임없이 정보를 수집하는 비평가이기를 그만두고 여행을 떠나게 되었다. 같은 세계 속에서 같은 말로만 검색하고 그럭저럭 행복하다 해도 우리는 틀림없이 늙어가고 체력은 떨어진다. 늙음에 저항할 수 있는 것은 약한 유대관계와의 만남뿐이다.

- 아즈마 히로키 지음·안천 옮김, 「'약한 것'이 강하다」,
『약한연결』, 북노마드, 2016, 140~142면.

이 글에서 다음과 같은 세 가지를 확인할 수 있습니다. 첫째, 처음, 중간, 끝의 구성을 갖추고 있습니다. 둘째, 설득력 있는 근거를 제시하여 주장에 힘을 싣고 있습니다. 셋째 다양한 각도에서 분석과 해석이 이루어져 있습니다. '강한 유대'와 '약한 유대'라는 상반된 관점과 특징을 두루 진단하고 평가한 결과, 글쓴이는 '약한 유대'에 더 큰 힘을 싣고 있습니다.

5. 주장하는 글의 공통 요소

지금까지 주장하는 글의 특징과 예시를 소개했습니다. 주장하는 글은 감상문, 비평, 논설(칼럼)로 설득의 강도에 따라 구분했지만, 다음과 같은 공통 요소을 가지고 있습니다.

- ❖ 자신이 쓰려는 글의 주제를 명확히 알고 있어야 합니다.
- ❖ 주장의 근거가 되는 요인을 찾고 서술할 수 있어야 합니다.
- ❖ 논지(주장하려는 바)와 근거는 논리와 인과성을 갖추어야 합니다.
- ❖ 논설의 경우 반대 입장에서도 쟁점을 파악하고 정보를 제시할 수 있어야 합니다.

처음
중간
끝

→

	감상문	비평	논설(칼럼)
단락1	글을 쓰게 된 동기, 목적, 대상 소개		
단락2	특징1	초점1, 미덕	쟁점1, 근거1
단락3	특징2	초점2, 한계	쟁점2, 근거2
..	**…(필요에 따라 단락 추가)…**		
단락4	요약 및 강조		
	작품의도 추론, 생각 정리	작품의도 추론, 가치평가	문제해결과 전망

3장

차이를 만드는 글쓰기 전략

1. 정동의 활성화

글에서 차이를 만들어 내는 것은 무엇일까요. 개성이라고요. 그렇다면 개성은 어디에서 오는 것일까요. 그것은 '감각'과 '감정'에서 옵니다. "글은 '정보'를 담고 있으며 '정보 전달'의 도구이다"라는 정의에 비추어 감각과 감정이 다소 생뚱맞게 들리지요. 정동(affection 情動)의 관점에서 글쓰기 과정을 볼 때 감각과 감정은 내용에 앞서 중요한 힘으로 작용합니다. 우리는 글을 쓰는 과정에서 다양한 외부의 자극과 영향을 받으며 새로운 정보를 형성하고 자아를 구성해 나갑니다.

이토 마모루(伊藤守 1951~)는 정보를 '생성'의 개념으로 보았습니다.[3] 그는 내부에서 만들어지는 정동(affection), 잠재적인(the virtual) 것의 관점에서 정보를 파악합니다. 정보는 다양한 감정의 촉발로 생성된다는 것이지요. 그는 정보를 생명, 신체, 운동의 위상에서 보고, 정보가 만들어지는 과정에서 전달되고 생겨나는 믿음, 정열,

의욕, 감정 등에 주목합니다. 생성의 과정에서 글쓰기 주체의 활동을 주목해 보겠습니다.

글쓰기 주체는 정보(글)를 형성하기 앞서 다양한 사건·상황·대상을 접하며 정동이 형성됩니다. 글쓰기 과정에서 주체는 자신 아닌 다른 대상들과 접촉하면서 쾌와 불쾌, 고통과 환희 같은 정동이 생성되고 그것을 다른 정서로 만들어 나가는 정동 작용이 나타납니다. 우리는 감각을 최대한 활용하여 대상에 대해 많은 것을 느낄 수 있어야 합니다. 감각은 이성과 지각에 앞서 작동되면서, 글을 쓰는 태도는 물론 정보(내용) 형성에 지대한 영향을 미칩니다.

글을 쓸 때 '정동'을 적극 활용해야 합니다. 글쓰기 주체의 믿음, 정열, 의욕과 같은 능동적인 감정을 끌어낼 필요가 있습니다. 심리적 부담을 자신감으로, 자신감이 표현 능력의 증진으로 이어질 수 있도록, 글 쓰는 주체의 정동에 주목하고 이를 활성화하는 연습이 필요합니다. 정동의 발생과 작용은 글은 물론 쓰는 주체의 내면에도 영향을 미칩니다. 우리는 감각의 활성화를 통해 자기 의지를 표출하고 내면을 만들어 나갑니다. 그 과정에서 다른 사람과 구분되는 자신의 관점, 개성을 발견합니다.

지식과 형식에 얽매이기보다, 글을 쓸 수 있는 다양한 기회와 시간을 만들어 봅시다. 머리로 생각하기 앞서 느끼고, 보고, 듣고, 말하는 기회를 가져 봅시다. 보이는 것, 들리는 것 외에도 감각의 과정에서 주체는 자기의 경험, 생각, 기억을 활성화 합니다. 외부의 텍스트(환경)가 우리 내부에 잠재된 텍스트에 자극을 줌으로써, 내부의 텍스트가 반응하고 표현하도록 해 봅시다. 자기 감각에 주목하여 그것을 표현하기 시작한다면, 글쓰기가 좀 더 편안하고 자연스러울 것입니다.

2. 감각을 깨우며 글쓰기

글을 쓰기 위해 보기, 듣기, 말하기 등 다양한 감각을 활용해 보겠습니다. 관심 있는 대상을 정한 다음, 시각, 청각, 촉각, 미각, 후각 등 다양한 자극을 느껴봅시다. 느낀 것을 바탕으로 자기 생각과 의견을 표현해 봅시다. 사소한 느낌이라 할지라도, 자신의 감각을 구체적으로 표현해 봅시다. 아래 활동은 혼자 할 수도 있고, 다른 사람과 함께 해도 좋습니다.

- **보기: 대상(영화, 그림, 드라마, 동영상, 책, 음악 등)을 보기**
- **말하기: 대상에 대해 본 것을 말하기**
- **듣기: 대상에 대해 말하는 것을 듣기**
- **쓰기: 대상에 대해 보고, 말하고, 들은 것을 쓰기**

처음 촉발된 감각은 추상적일 수밖에 없습니다. 그 감각을 기반으로, 대상의 어떤 부분이 이러한 감각을 초래하게 했는지 대상을 다양한 관점에서 관찰해 봅시다. 느낌에 근거가 합쳐지면서 관점이 형성되기 시작합니다. 관심 있는 대상은 책일 수도 있고, 그림, 음악, 연극, 드라마, 자연풍광 등 무엇이든 좋습니다. 한번 보고 마는 것이 아니라 그중 하나를 선택하여 다양하게 지각하고 감각하는 연습을 해 봅시다.

다음으로 감각을 글로 표현해 봅시다. 글쓰기는 스쳐 지나가는 다양한 생각을 정리하고 자신을 돌아보게 만듭니다. 쓰면서 생각을 정리하는 기술을 익히는데, 이 과정을 거쳐 자신(생각, 의견 등)을 표현할 수 있습니다. 자신(생각, 의견 등)을 표현하는 과정에서 '자아'를 발견하고 확장시킬 수 있습니다. 자기 표현 능력을 기르는 과정에서 가치관과 관점이 형성됩니다.

구체적인 연습 과정을 소개해 보겠습니다.

❖ 그림을 보거나 음악을 들은 후, 자신의 느낌을 한 문장으로 표현해 봅시다. 처음 한 문장은 직관에 의지하여 느낌을 표현해 봅니다.

❖ 자신이 서술한 느낌의 근거가 어디에서 왔는지 대상을 관찰해 봅니다.

❖ 관찰한 것을 바탕으로 느낌의 근거가 어디에 있는지 2~3개를 찾아 표현해 봅니다.

❖ 이를 근거로 감상문을 작성할 수 있으며, 나아가 기술한 근거들을 객관화 하는 과정에서 비평문을 작성할 수 있습니다.

자료 (그림, 음악, 뮤직비디오 등) 제시
짧은 시간 동안 자료를 제시하여 보거나 듣도록 합니다. 다음으로 아래 활동을 순차적으로 해 봅니다

첫 번째 활동	
1. 직관에 근거해서 순간적으로 떠오르는 감정 기술하기	• 형용사, 동사로 표현하기 • 한 단어로 표현하기 • 유사한 대상으로 표현하기 예) 좋다, 나쁘다, 아름답다, 편안하다…

두 번째 활동	
2. 다양한 관점에서 관찰하기	• 위와 같은 생각을 불러일으키는 요인은 어디에 있는가 • 무엇이 두드러지게 보이는가, 그 이유는 무엇 때문인가 • 대상을 보면서 떠오르는 생각은 무엇인가, 그 이유는 무엇인가 • 자세하게 본 후에는 어떤 생각이 들었는가, 이전과 생각이 달라졌다면 그 이유는 무엇인가

세 번째 활동	
3. 관찰 후 느낌의 근거를 찾아 구체적으로 기술하기(3가지 이상)	• 느낌의 근거가 어디, 어떤 부분에서 왔는지 이유를 찾아 써 보기 • 생각의 이유가 어떤 부분에서 왔는지 찾아서 구체적으로 써 보기 • 느낌(감상)의 결과가 작품의 주제에 어떠한 영향을 미치고 있는지 분석해 보기 • 나의 경험과 비교 혹은 대조해 보기 • 대상에 대한 가치를 기술하고 의견을 개진해 보기

글을 쓸 때 다음 사항을 주의합시다

1. 문장
   - 주어가 없으면 메시지가 분명하지 않으므로 주어를 제시합니다
   - 주어와 서술어의 역할을 충실하게 수행합니다
   - 문장의 정확성, 경제성, 명료성을 고려합시다
   - 문장과 문장 간의 연결성을 확인합시다
2. 단락: 통일성, 완결성, 응집성을 고려합시다
3. 긴글: 단락과 단락 간의 긴밀성을 확인하며 씁시다
4. 퇴고: 쓰고, 읽어보기, 고쳐쓰기를 반복 합니다

3. 감각에서 관점으로, 글쓰기 실제: 노래·시·그림

노래 듣고 쓰기

'노란색'

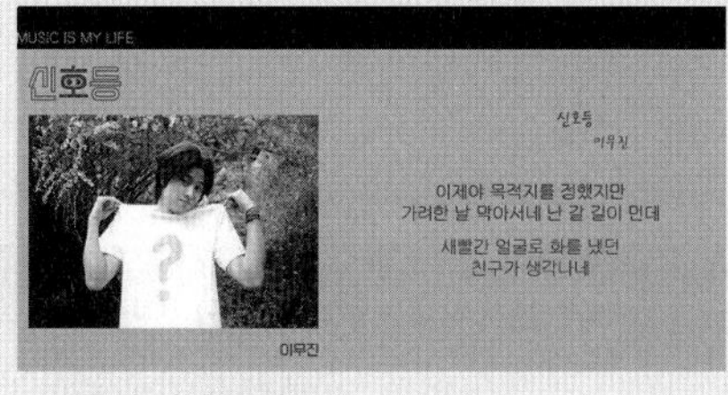

뮤직 비디오 일부

이무진의 <신호등>은 2021년 8월 멜론 차트 1위를 차지한 바 있다. Z세대 이무진(자작곡자, 21세)은 <신호등>에서 자기 세대를 '노란색'으로 표현한다. 신호등에서 '빨간색'과 '파란색', '사이'에 있는 노란색은 MZ세대의 낀 감수성을 감각적으로 보여준다.

"붉은색 푸른색 / 그 사이 3초 그 짧은 시간 / 노란색 빛을

내는 / 저기 저 신호등이 / 내 머릿속을 텅 비워버려 / 내가 빠른지도 / 느린지도 모르겠어 / 그저 눈앞이 샛노랄 뿐이야"

목적지를 향해 길을 나섰지만, 자신의 보폭이 빠른지 느린지 알 수 없는 상황을 '노란색'으로 표현하고 있다. "빠른지도 느린지도 모르겠"다고 말하지만, '나'는 도로 위의 속도감 앞에서 당혹스럽고 초조한 마음을 감출 수 없다.

신호등의 '노란불'은 전진과 멈춤의 중간을 의미하며 불안한 마음을 숨 고르는 시간으로 만들어준다. 삶에는 '전진'과 '멈춤'만 있는 것이 아니라 그 '사이'의 준비와 여유, 안정과 안전의 시간도 있음을 시사한다. 다시 말해 '사이'의 시간은 다음을 위한 준비와 여유의 시간이기도 하고 '전진'과 '멈춤' 양자 간 충돌을 방지할 수 있는 안정과 안전의 시간이기도 하다. '사이'는 MZ세대에 내재해 있는 미정과 불확정, 불안과 불안정, 준비와 과정, 안녕과 숨 고르기 등 다양한 감수성을 포괄할 수 있는 개념이다.

- 안미영, 『밀레니얼세대 청춘시학』, 소명출판, 2022, 159면.

이 글에서 주목한 것은 '노란색'입니다. 맨 처음 '신호등' 노래를 들었을 때, 노란색이라는 노랫말이 자주 등장합니다. 노란색의 의미를 알기 위해, 붉은색과 푸른색에도 주목했습니다. 붉은색과 푸른색이 명료한 지시적 의미를 지니는 데 비해, 노란색은 그 경계에 있음을 보여주고 있다는 것을 알게 됩니다. 이러한 노란색의 의미를 우리 시대 젊은이들의 세대 의식으로 확산해서 생각한 것입니다.

'예뻤다'

이바라기 노리꼬(茨木のり子, 1926-2006)는 「내가 제일 예뻤을 때」라는 시를 썼습니다. 왜 시인은 '예뻤을 때'라고 과거를 회상했을까요. 화자는 다음과 같이 고백합니다.

내가 제일 예뻤을 때
우리나라는 전쟁에 졌다
그런 어처구니없는 일도 있을까
블라우스 소매를 걷어붙이고 비굴한 거리를 활보했다

로맨스를 꿈꾸고 한창 멋을 부릴 시기에 전쟁으로 인해 무너진 거리를 배회해야 했던 것입니다. 시 속의 화자는 2차대전 패전 이후 청춘의 상처를 보여줍니다. "내가 제일 예뻤을 때 / 나는 너무나 불행했고 / 나는 너무나 안절부절 / 나는 더없이 외로웠다"고 말입니다. 그렇지만 화자는 마지막에 이르러 다음과 같이 고백합니다.

그래서 결심했다 될 수만 있다면 오래 살기로
나이 먹고 지독히 아름다움 그림을 그린
프랑스의 로우 영감님처럼 말이지

마지막 구절을 읽으면 예쁨에 대한 의미를 '꿈 꿀 수 있는가'로 바꿀 수 있습니다. 청년이 꿈꿀 있다면 그 사회의 내일은 암울하지 않습니다. 눈앞에 보이는 결과보다, 내일을 위해 청년이 꿈수 있는 오늘을 만들어야 할 것입니다. 그런 의미에서 시인은 패전 이후 청춘의 상처를 보여주는 것이 아니라, 꿈꿀 수 있는 청춘이야말로 어여쁜 것임을 보여주고 있습니다.

- 안미영, 『밀레니얼세대 청춘시학』, 소명출판, 2022, 156면 참조.

'예뻤다'는 현재형이 아닌 과거형입니다. '예뻤을 때'는 시적 화자의 회상입니다. 시적 화자는 가장 예쁘게 하고 다녀야 할 청춘기를 패전으로 인해 암울하게 보내야 했습니다. 얼핏 보면 예쁘지 않게 보낸 그 시절을 안타까워하는 것으로 보입니다. 하지만 자세히 들여다보면 오래 살아서 원하는 일을 하겠다는 의지를 통해 '예쁨'은 폐허 속에서도 꿈꿀 수 있는 용기임을 알 수 있습니다. '예뻤다'는 어휘에 주목한 결과 시의 주제에 다가갈 수 있었습니다.

검은색

피난길을 나선 마을 사람들의 행렬(박건웅, 『노근리 이야기』 1부, 새만화책, 2006, 90~91면.)

박건웅은 어둠이 깔리는 저녁 풍경을 구현하기 위해 흰 한지에 검은 먹선의 농담을 살려 표현했으며, 나아가 그들이 직면한 알 수 없는 공포감을 전달하기 위해 저녁이 깔리는 하늘 부분의 한지에 잘디잔 구김들을 만들었습니다. 이처럼 한지에 잔 구김을 넣은 표현 기법은 만화 곳곳에서 두려움과 공포의 분위기를 자아내는데 자주 활용됩니다.

그림에서 노근리 농민들의 피난 행렬은 실체 없이 검은 실루엣으로 존재하는데, 그것은 전쟁으로 인한 불길한 운명의 전조를 암시합니다. 그의 그림에서 '검은 빛'은 깊이를 알 수 없는 두려움과 공포를 상징합니다. 일련의 그림에서 흰빛이 맑고 투명한 자연의 소박함을 전달하는 데 비해, 검은 빛은 농도를 무화시키는 획일화된 고통과 두려움을 전달합니다.

박건웅의 그림 속에서 농민은 또 하나의 자연으로 존재합니다. 그는 농민을 자연과 동일하게 묘사('농민=자연')함으로써, 순리에 따라 살아가는 순박하고 선량한 양민(良民)의 모습을 재현해 놓았습니다.

- 안미영, 『문화콘텐츠 비평』, 역락, 2022, 72면.

박건웅(1972~)은 만화 『노근리 이야기』에서 한지에 수목화로 삽화를 그렸습니다. 그림을 보고 '검은색'에 주목했습니다. 흰색 바탕에 검은색의 의미를 유추해 냈습니다. 단순히 저녁 풍경에 대한 묘사가 아니라 피난민들에게 드리워진 공포를 읽어냅니다. 나무도, 사람도 모두 검은색 실루엣으로 존재합니다. 전쟁은 이 땅의 자연을 파괴하고 무고한 사람을 죽음으로 몰고 갑니다. '검은색'을 통해 자연과 농민 모두가 파괴될 수 있는 전쟁에 대한 공포와 위협을 읽어냈습니다.

영화 보고 쓰기

트레일러

영화 〈미나리〉에서 트레일러 장면

영화는 제이콥 일가(一家)가 아칸소 들판을 달리는 것으로 시작합니다. 제이콥이 선두에 이삿짐을 실은 트럭을 몰고, 아내 모니카는 아이들을 태우고 승용차로 뒤따릅니다. 그들은 미국에 이민 온 지 10년이 지났으며, 그간 캘리포니아 시애틀의 부화장에서 병아리 성별을 구분하는 감별사로 일했습니다. 제이콥은 농장을 일구겠다는 꿈을 안고 아내, 딸(앤 10세), 아들(데이빗 7세)을 데리고 아칸소로 이주합니다. 영화는 아메리카 드림(America Dream)의 실현과정에서 아메리카 장소애(場所愛)가 만들어지는 추이를 보여줍니다.

남편은 허허벌판의 '트레일러(trailer)' 앞에서 멈춥니다. 그는 트레일러를 주거공간으로 만들었으며, 벌판을 농장으로 가꾸려는 꿈을 실현하려 합니다. 제이콥은 50에이커의 대농장을 꿈꾸었습니다. '트레일러'는 지속되는 삶의 간이역으로 유목적인 삶을 표상합니다. 그들은 한국에 존재하지 않는 것과 마찬가지로, 미국에도 정주하지 못했습니다. 유동적으로 이동할 수 있는 모빌리티(mobility)는 어디에도 편입되기 어려운 이주민의 정체성을 시사합니다.

트레일러는 온전한 주택의 기능을 감당하는 데 한계가 있으며 무엇보다 자연재해로부터 안전하지 못했습니다. 토네이도가 왔을 때에는 트레일러 안의 전기가 나가는 등 일가를 공포로 몰고 갔습니다. 다행히 태풍은 경보에서 주의보로 바뀌었으나 아내는 참았던 울분을 터뜨렸습니다. 트레일러는 외부로부터 보호받을 수 없는 위험성이라는 장소성(Sence of Place)을 표상합니다. 제이콥은 안정(stability)과 안전(secutity)을 유보한 채 그들이 존재감을 실현할 수 있는 장소를 만들기 위해 일종의 모험을 감행한 것입니다.

- 안미영, 『문화콘텐츠 비평』, 역락, 2022, 158~160면.

영화에서 '트레일러'에 주목했습니다. 영화 <미나리>(정이삭 감독, 2021)는 미국에 정착한 한국 이주민의 아메리카 드림을 보여주고 있습니다. 위 글에서는 영화 도입부의 '트레일러'를 통해 초창기 한국 이주민의 고단한 삶을 읽어냈습니다. 정주가 어려울 뿐 아니라 외부로부터 보호를 받지 못하는 그들의 상황을 상징적으로 드러내고 있다고 말입니다.

선빵, 새끼, 씨발새끼, 지랄

'선빵'을 날린 건 역시 그였다. 내 얼굴을 향해 대뜸 냄비를 집어던진 것이다.

-이 새끼가 어따 대고 눈을 부라려!

역시 싸움에 관해선 오함마가 나보다 한 수 위였다. 냄비를 얼굴에 정통으로 맞은 나는 주춤했다.

— (중략) —

냄비에 머리를 얻어맞은 나는 완전히 '꼭지'가 돌아버려 자리에서 곧장 튕겨 일어나 오함마를 향해 미사일처럼 날아갔다. 그리고 마구 악을 쓰며 주먹을 휘둘러댔다.

-씨발새끼! 네 집도 아닌데 내가 들어가든 말든 왜 지랄이야, 지랄이!

바짝 독이 오른 내가 악을 쓰며 달려들자, 오함마도 잠시 주춤했다. 하지만 역시 노련한 싸움꾼답게 그는 순식간에 나를 바닥에 눕히고 발로 짓밟기 시작했다.

— (중략) —

-이 새끼가 이젠 아주 미쳤구나. 그 동안 동생이라고 봐줬더니... 너, 오늘 죽어봐라!

오함마는 사정없이 나를 짓밟았다. 나는 두들겨맞는 와중에도 그의 바짓가랑이를 붙잡고 매달렸다. 그러다 그가 다리를 들어올리는 순간, 머리로 그의 사타구니를 정통으로 들이받았다. 오함마는 악! 소리와 함께 사타구니를 감싸쥐고 바닥에 나뒹굴었다. 나는 때를 놓치지 않고 그의 배 위에 올라타 옆에 있던 닭

죽 냄비를 집어들어 마구 휘둘렀다.(천명관, 『고령화 가족』, 문학동네, 2010, 21~22면.)

형제간의 영역 다툼은 길들여 지지 않은 야생동물들의 싸움을 방불케 한다. 48살과 52살 거구의 중년남자가 거실에서 나뒹굴어, 닭죽 찌꺼기가 여기저기 묻어 있고 찝질한 코피가 낭자하다. 난장판을 수습하는 것은 엄마이다. 여동생마저 집으로 들어오자, 나는 오함마와 같은 방을 써야 했다. 오함마는 120킬로그램의 거구에 시도 때도 없이 방귀를 뀌어대었고, 나와 그의 동거는 동물원의 우리를 방불케 했으나 종내 그들은 '의리'를 저버리지 않았다. 가출한 조카를 찾으면서, 그들은 서로에 대한 의리를 지킨다. 오함마는 매번 자기 자신과 타자들 간의 불균형한 소통으로 오해와 실수를 연발했던 것이며 그 결과 그는 강간범, 사기범, 절도범이라는 범법자로 낙인찍혔던 것이다. 엄마의 집에서 야생의 힘을 축적한 그들은 머지않아 각자 자신의 일을 찾아 집을 나선다.

— (중략) —

천명관은 아버지의 질서 속에 만들어진 사회적 조건과 판들을 불신하고 회의하고 있다. 상징적이고 규범적인 아버지의 권위가 약화되어야만, 나머지 구성원들의 자율성과 야생성이 발휘될 수 있기 때문이다. 작가는 권위적인 상징계의 질서가 만들어낸 사회화의 허상을 일찍이 간파하고, 그에 대한 회의감을 부재한 아버지를 배경으로 가족 구성원의 들쑥날쑥한 야생성 속에서 보여주려 했던 것이다.

- 안미영, 『소설, 의혹과 통찰의 수사학』, 소명출판, 2014, 94~100면.

위 글에서는 '자극적인 욕설'에 주목했습니다. 욕설에 시선이 머물고, 이러한 욕설을 주고 받는 사람들이 형제라는 데 관심이 갔습니다. 형제는 밥을 먹다가도 치열한 몸싸움을 합니다. 이들이 어떻게 가족을 형성하고 있을까에 주목해 보았더니, 아버지가 부재해 있음을 알게 되었습니다. 기성의 권위를 대표하던 아버지의 부재 이후, 두 형제는 야생의 새로운 힘들을 보여주고 있음을 알 수 있었습니다. '욕설'은 가족내 규범적인 권위의 실종과 그로 인한 야생성을 보여주는 상징적인 장치라는 것이지요.

소설 읽고 쓰기2

아, 선배 나 안 해요, 사랑,

다른 날과 다름없이 햄버거를 먹으며 앉아 있는데 양희가 깜박 잊을 뻔했다는 투로, 아, 선배 나 안 해요, 사랑, 한 것이었다.

"안 해?"

"네."

"왜?"

"없어졌어요."

필용은 믿을 수 없었다. 바로 어제만 해도 사랑하느냐고 물으면 표정 없는 얼굴이기는 했지만 고개를 끄덕였는데 말이 되는가?

"없어? 아예?"

"없어요."

"없는 게 아니라 전만큼은 아니게 시들한 거지. 야, 그게 어떻게 그렇게 단박에 사라지냐?"(김금희, 「너무 한낮의 연애」, 『본질과 현상』42, 본질과 현상사, 2015, 218~219면)

예기치 못한 실연에, 필용은 "야, 너 은근 매력 있어"라고 어루다가 "애가 어떻게 된 게 2천원으로 하루를 삐대? 야! 나도 어려워! 나도 힘들어! 야이 씨, 너 그동안 나한테 받아먹은 거 다 내놔. 일괄 계산하라고 이 계집애야"라고 윽박지른다. 심지어 그녀의 본가에까지 찾아간다. 그녀의 집은 방과 부엌의 경계가 없는 동굴 같았다. "반복된 불행에 익숙해진 사람의 무기력"(224면)은 그녀의 가정에 기인해 있었다. 필용이 적어도 오늘과 내일이 연계되어 내일을 기약할 수 있는 삶을 살았다면, 양희는 오로지 현재 밖에 가진 게 없었다. 양희가 필용을 덜 사랑했던 것이 아니라 사랑할 수 있는 시간과 여유가 제한되어 있었다.

필용은 양희를 만날 때마다 사랑의 유무를 확인했으며 그녀의 고백에 온 마음과 몸이 반응했다. "사랑하죠. 그 공기 중에 은은히 흩어지던 허스키한 목소리... 사랑하죠, 라고 말하면 별안간 맥도날드의 공기가 전혀 다른 온도를 가지면서 필용을 얼렸다, 달궜다, 하곤 했다."(215면) 그들의 애매한 사랑은 모호하게 끝난다.

- 안미영, 『밀레니얼 세대 청춘시학』, 소명출판, 2022, 90~91면.

위 인용문은 '아, 선배 나 안해요, 사랑'이라는 문장에 주목했습니다. 이 문장은 사랑하는 연인의 이별 통보입니다. 그런데 그 말을 하는 사람은 가볍게 내뱉습니다. 내면은 어떤지 모르겠지만, 겉으로는 햄버거를 주문하는 톤과 동일하게 말합니다. 그래서인지 그 말을 듣는 상대방은 더욱 화가 나고, 견딜 수 없는 울분을 토로합니다. 작중 여주인공(양희)은 왜 이처럼 가볍게 이별을 통보한 것일까요. 가난하고 여유가 없었던 것이지요. 그런 까닭에 진지한 연애는 못하고, 햄버거처럼 인스턴트 연애를 하는 데 그친 것임을 알 수 있습니다.

5. 차이 나는 글쓰기

지금까지 감각에 주목해서 노래를 듣고, 그림과 영화를 보고, 시와 소설을 읽고 글을 써 보았습니다. 전체를 다 보지 않아도 됩니다. 모든 것을 다 알아야 한다는 생각으로 글을 시작하지 않아도 됩니다. 지금 내 귀에 들리는 것, 지금 눈에 보이는 것, 지금 내 마음을 움직이는 것에 주목해 봅시다. 여러분이 느낀 감각에서부터 노래, 그림, 영화, 시, 소설과 소통이 시작됩니다. 작은 감각에서 시작했지만, 여러분의 감각이 작품 전체를 읽어낼 수 있는 통찰력의 첫 단추라는 것을 알게 될 것입니다.

같은 장면, 같은 것을 보고 듣더라도 우리 모두는 제각각 다르게 보고 듣습니다. 그 차이는 어디에서 오는 것일까요. 그것은 글을 쓰는 사람, 각각의 감각에서 오는 차이입니다. 한 사람을 구성하는 경험의 색깔과 용량이 다르듯이 제각각의 감각은 다릅니다. 같은 그림을 보았을 때, 같은 노래를 들었을 때, 같은 뮤직 비디오를 보고 듣더라도 각자 자기 감각과 감정에 충실하게 봅니다. 글쓰기를 통해 자기 감정의 근원을 분석해 나가면서 우리는 논리와 관점을 갖게 됩니다. 차이를 만드는 글을 쓰기 위해 다음 세 가지를 제안드립니다.

첫째, 우리는 감각을 일깨울 수 있도록 다양한 대상과 대면해야 합니다. 자신에게 내재해 있는 에너지를 꺼내고 또 생성해 내기 위해, 특정 작품 외에도 다양한 상황, 사건, 관계에 노출되고 부대끼는 경험을 가져야 합니다. 그 과정에서 자기 사고를 정립할 수 있으며 우리 내면에 추상적인 생각을 구체화 시킬 수 있습니다. '내면'은 감각을 동원하는 다양한 경험을 통해 지속적으로 만들어집니다.

둘째, 우리는 작품, 상황, 사건을 대면하여 느낌을 표현할 수 있어야 합니다. 처음에는 느낌에서 출발하지만, 점차 자신과 대상 간의 의미 있는 대화와 비평으로 끌어 올릴 수 있습니다. 생각을 의견으로 만드는 과정에서, 자신 이외 타자를 고려하고 공동체에 눈을 뜨게 됩니다. 대상을 분석하고 가치를 찾아내는 경험을 통해 관점이 형성됩니다. '개성'은 표현의 기술이 아니라 관점의 차이에서 발생합니다.

셋째, 이러한 활동은 지속적으로 수행해야 합니다. 주체와 대상 간에 밝고 긍정적인 정동을 불러일으킬 수 있는 기회를 지속적으로 가지도록 합시다. 이성과 논리로 접근하기 앞서 내면의 감각을 깨우고, 그 다음에 언어와 논리로 정제시켜 봅시다. 반복적인 수행을 통해 자신을 구체적으로 알아갈 수 있으며 더 깊고 풍부한 가치관과 세계관을 만들어 나갈 수 있습니다.

3부

고수들에게 배우는 시간

웹소설 창작과 글쓰기

1. 웹소설 작가 vs 일반소설 작가

글쓰기 고수들은 어떻게 글을 쓸까요. 이 장에서는 『재벌집 막내아들』(웹소설 연재기간 2017.2.20~2018.1.11 / JTBC드라마 방영 2022.11.18~12.25)로 잘 알려진 작가 산경의 글쓰기 전략을 알아 보겠습니다. 웹소설 시장이 급성장하고 웹소설을 쓰고 싶어하는 사람들이 많습니다. 산경은 자신과 같은 시행착오를 겪지 말았으면 하는 마음으로 경험을 통해 터득한 노하우를 공유합니다. 『실패하지 않는 웹소설 연재의 기술』(위즈덤하우스, 2020)은 웹소설 연재의 기술은 물론 글쓰기의 기본을 제시하고 있습니다. 이 책을 중심으로 웹소설 창작과정을 통해 고수의 글쓰기 전략을 배워보겠습니다.

우선, 웹소설과 관련된 사항을 잠시 소개하고 넘어가겠습니다. 창작은 소재 선정부터 캐릭터 설정, 자료 조사, 작품 구성법, 다양한 기법들, 연재 시 꼭 지켜야 할 규칙, 작가로서의 마음가짐 등이 필요합니다. 산경은 책의 프롤로그에서 일반 소설 작가와 웹소설 작가의 창작과정을 다음과 같이 구분합니다.

항목	웹소설 작가	일반 소설 작가
포인트	• 이야기	• 글
	• 좀 더 재미있고 흥미 있는 상황	• 완벽한 문장
인물 상황	• 흥미있는 사람	• 현실 속의 평범한 사람
	• 흥미있는 환경을 다양하고 넓게 보여주기	• 평범한 환경 속에 숨어 있는 깊이를 파헤치기
구성 전개	• 한 시간짜리 드라마 24부작	• 두 시간짜리 영화에 비유
	• 독자와 함께 만들어 가는 과정	• 완성된 작품
	• 이야기의 방향을 언제든 틀 수 있음	• 나만의 이야기

지금부터 웹소설 작가 산경이 제시한 웹소설 쓰기의 ABC를 알아보겠습니다. 산경은 18가지로 나누어 전달하지만[1] 크게 세 가지로 소개할 수 있습니다.

2. 자신에게 맞는 글쓰기

소재 선택

소재는 자기가 쓰고 싶은 이야기를 써야 하고 쓸 수 있는 이야기를 써야 합니다. 이를 산경은 '자기 몸에 맞는 옷을 입'는 것으로 비유합니다. 그렇다면 가장 잘 쓸 수 있는 이야기는 무엇일까요. 산경은 다음과 같이 제안합니다. '내 경험을 담아보자' 중세 판타지이든, 몬스터 이야기이든, 그 안에 '자기 경험을 녹여라'는 것입니다. 얼마나 잘 녹였느냐에 따라 작품의 퀄리티를 올리고 상업성을 높일 수 있습니다. 최소한의 퀄리티를 유지해야 하고 300화 이상은 써야 한다는 것이지요.

요즘은 현대 판타지가 좋은 성적을 내고 있습니다. 그전에는 정통 판타지, 그전에는 무협소설이 인기였습니다. 현대 판타지는 독자들이 읽으면서 공감할 수 있는 내용이 많습니다. 몬스터가 등장하고, 헌터물이라 해도 그들이 있는 곳은 현재의 대한민국이고, 그들이 쓰는 대사도 바로 지금 우리가 쓰는 말과 같습니다. 직업도 마찬가지입니다. 독자들이 완벽하게 몰입할 수 있는 조건을 갖추고 있습니다. 리얼리티가 살아 움직이지요.

예컨대 산경의 『재벌집 막내아들』은 1980년대와 1990년대 한국을 배경으로 하고 있습니다. 싱숑의 『전지적 독자 시점』도 서울의 지하철 출퇴근 시간을 배경으로 하고 있지요. 게임회사의 계약직 직원 '김독자', '유상아'는 현대 대한민국을 살아가는 청년의 모습을 보여주고 있습니다.

캐릭터 설정

무엇보다도 작가 자신의 나이, 성격, 통찰력을 바탕으로 캐릭터를 설정해야 독자가 이질감을 느끼지 않습니다. 산경은 웹소설의 주인공을 성장형과 완성형, 두 가지로 나눕니다. 판타지무협 장르에는 이 두 가지 캐릭터가 주로 등장합니다.

구분	완성형	성장형
능력치	회개, 환생, 빙의, 천재	저점에서 시작
전개 과정	처음에 이야기 전개가 쉬움	답답한 전개, 장편 연재에 용이

산경은 캐릭터의 변화가 크다고 해서 큰 반전을 주는 것이 아니라 캐릭터를 둘러싼 환경의 변화가 얼마나 크냐에 따라 반전을 줄 수 있다고 봅니다. 평범한 캐릭터가 뒤바뀐 환경에서 어떻게 생각하고 어떻게 행동하며 어떻게 바뀌는지 생각해야 한다고 말입니다. 작가는 작품을 써 나가면서 조금씩 변하게 해야 합니다.

인물은 가장 큰 틀만 잡고, 개별 사안이 나올 때마다 고심해서 한 가지를 선택합니다. 그 캐릭터가 어떤 선택을 할지 작가가 선택하는 것이지요. 캐릭터의 성격과 행동은 항상 주변 인물에 의해 형성됩니다. 조연의 캐릭터에 습관을 부여하면 생동감을 줄 수 있으며 독자가 기억하기도 쉽습니다. 조연이 주인공에게 꼭 필요한 존재일 경우, 그 조연은 인기를 많이 받습니다. 산경은 글의 흐름을 위해 조연은 언젠가는 아름답게 퇴장시켜야 한다고 봅니다. 한 작품 안에 주인공은 주인공의 몫이 있고, 조연은 조연의 몫이 있지요.

3. 자기 것으로 소화하기

자료 찾기와 활용

산경은 작가는 아는 것이 많을수록 조사할 자료가 많아진다고 봅니다. 작가가 알고 있는 것을 좀 더 정확하고 구체적이며 방대하게 묘사하기 위해 자료 조사가 필요합니다. 아는 것이 많을수록 더 풍성한 에피소드를 만들 수 있습니다. 작가는 아는 만큼 쓸 수 있습니다.

이를 위해 평소에 자료 조사를 한다는 마음으로 모든 사물을 바라보고 생활하기를 권합니다. 드라마, 영화에 나온 정보와 지식을 자신의 것으로 만들라고 말입니다. 작가는 24시간 작가로 살아야 한다고 말합니다. 완전히 이해할 때까지, 완벽하게 납득할 때까지 끝없이 조사하는 것이 작가입니다. 작가가 섬세하게 조사한 자료를 통해 독자는 무의식중 생생한 현실감을 느낍니다.

수십 페이지, 수백 페이지 자료를 찾았다 하더라도 그 자료들은 단 한 줄의 대사로 옮겨 쓸 수 있어야 합니다. 필요하면 전문가와 인터뷰도 합니다. 최대한 자료를 모으고 공부하면 어떤 분야의 이야기라도 쓸 수 있습니다. 이것은 웹소설에만 해당되지 않습니다. 물이 가득 차면 넘치듯이, 최대한 자료를 모으고 공부하면 글에 담기게 되어 있습니다.

영감의 원천

창작이라고 하면 영감이라는 단어가 떠오릅니다. 산경은 영감이 외부에서 오는 것이 아니라 머릿속에 있는 생각을 집요하게 물고 늘어지는 데서 온다고 봅니다. 그는 도입부를 뚫어지게 쳐다보라고 권합니다. 이를 바탕으로 아이디어를 끝없이 쥐어짜고 이야기를 전개해 나가는 것이지요. 산경의 표현을 그대로 옮겨 보겠습니다.

도입부에 등장했던 인물과 환경에 빙의하듯 몰입하십시오. 그렇게 해서 등장인물이 무엇을 해야 하는지, 이 환경이 어떻게 변해야 하는지, 조연들의 생각은 어떤지, 여러분 스스로가 각각의 역할을 맡아서 그 도입부의 환경에 맞게 전개를 해나가는 겁니다. 그렇게 해야 개연성이라는 게 생깁니다.

작가가 창조한 캐릭터에 직접 빙의해서 어떻게 생각하는지, 어떤 행동을 앞으로 취해야 하는지, 이럴 때는 저 조연이 어떤 일을 하는지 생각하는 겁니다.[2]

다독, 다상량, 다작

'많이 읽고, 많이 생각하고, 많이 쓰라' 우리가 익숙히 알고 있는 바입니다. 산경은 웹소설 창작의 관점에서 이를 다음과 같이 설명합니다. 다독의 경우, 멀티미디어 시대 책만이 지식을 전달하지 않습니다. 책, 드라마, 만화, 영화, 유튜브, 블로그, 언론 기사 등 전부 다독의 대상입니다. 산경은 웹소설을 깊이, 많이 읽기를 권하지 않습니다. 웹소설을 많이 읽기보다 다양한 분야의 읽을거리를 읽어야 한다는 것이지요. 읽으면서 카테고리를 확대하는 것이 다독입니다. 어려운 용어로 이루어진 극도로 정제된 문장은 깊이 생각하면서 읽고, 필요하다면 필사도 합니다.

다상량의 경우, 하나를 깊게 생각할 것을 제안합니다. 재미있고 기발한 아이디어가 하나 떠올랐다면 오로지 그 아이디어에 집중해서 집요하게 물고 늘어지라고 권합니다. 그렇게 집요하게 물고 늘어진 결과를 글로 옮기는 것입니다. 다독은 분야를 확대해서 읽는 것이고, 다상량은 오로지 한 가지 생각만 물고 늘어지는 것이며, 다작 역시 한 작품을 끈질기게 완결시키는 것입니다.

4. 이야기 만들고 문장 쓰기

플롯 선택

산경은 이야기 전개 방식을 다섯 가지로 나눕니다.

❖ 처음부터 마지막까지 단번에 달려가는 방식
❖ 스토리를 시작해서 결론에 도달한 다음 에필로그를 길게 이어가는 방식
❖ 주인공 캐릭터가 성장해서 결론에 도달한 다음 마지막 부분에 있는 에피소드를 무한 반복하는 방식
❖ 하나의 긴 이야기를 끝낸 다음에 그와 유사한 식으로 또 하나의 긴 이야기를 쓰는 방식
❖ 옴니버스 방식, 에피소드로 짧막짧막한 이야기를 들려주는 방식

산경은 짧은 문장으로 설명할 수 있는 줄거리만 나온다면 바로 연재를 권합니다. 그다음 뒷이야기, 세세한 세계관과 플롯은 생각하지 말고 오로지 도입부를 어떻게 구성할 것인가만 생각하라는 겁니다. 독자와 눈높이를 맞추고, 독자가 본진밖에 못 본다면 작가도 본진만 봐야 합니다. 그냥 큰 줄거리만 생각하고, 세세한 세계

관과 플롯은 작품을 진행하면서 짭니다. 플롯 전개과정에서 구체적인 사항은 다음과 같이 제안합니다.

- ❖ 모든 화에 기승전결을 다 쓸 수는 없다.
- ❖ 재미있거나 결정적이거나 명대사가 들어 있는 신의 연출은 매화 꼭 필요하다.
- ❖ 독자들은 주인공의 행동에 가장 흥미를 보이기 때문에, 주인공이 등장하지 않는 에피소드는 2편 이상 쓰면 안 된다.
- ❖ 모든 화에서 마지막 장면은 중요하므로, 다음 호의 호기심을 자아내는 내용으로 마무리한다.
- ❖ 분량 면에서 양이 부족하거나 넘치는 경우, 마지막 장면을 손대기보다 전체 내용 안에서 추가할 부분과 생략해도 되는 부분을 찾아서 손본다.

프롤로그와 에필로그

산경은 프롤로그를 위한 프롤로그를 제안하지 않습니다. 프롤로그는 첫인상이지만 필수는 아닙니다. 독자가 공감할 수 있는 내용으로 시작해야 합니다. 산경은 프롤로그를 쓸지 말지 결정하는 기준을 다음과 같이 4가지로 제시합니다.

- ❖ 프롤로그와 1화가 연결된 내용인가.
- ❖ 프롤로그가 없어도 1화를 이해하는 데 지장이 없는가.
- ❖ 프롤로그가 아주 나중에 나올 에피소드나 엔딩의 떡밥인가.

❖ 프롤로그가 전체 세계관을 설명하는 것인가.

1화를 잘 쓴다고 생각하고, 길이가 짧다면 프롤로그로 길다면 본편이 되는 것으로 설명합니다. 이것은 마지막화와 에필로그의 관계에도 그대로 적용됩니다. 형식은 목적을 실현하기 위한 방편이지요. 그것이 프롤로그가 되었건, 에필로그가 되었건 간에 목적을 달성하는데 가장 효과적인 형식을 활용하는 것이지요.

시점의 활용

시점은 1인칭 관찰자 시점, 1인칭 주인공 시점, 3인칭 관찰자 시점, 전지적 작가 시점으로 나눌 수 있습니다. 산경은 1인칭 관찰자 시점을 독립영화나 다큐멘터리의 시점으로 소개합니다. 대부분 웹소설은 1인칭 주인공 시점이나 전지적 작가 시점을 사용합니다. 1인칭 주인공 시점은 주인공의 심리, 서술, 대사를 마음대로 쓸 수 있습니다. 그 결과 1인칭 관찰자 시점과 달리, 독자에게 주인공과의 일체감을 선사합니다.

3인칭 관찰자 시점은 화자가 오로지 관찰자 역할을 합니다. 독자는 등장인물들의 대사와 행동으로 심리 상태를 짐작하므로, 상상과 추측의 여지가 많습니다. 관찰자 시점으로 등장인물의 속마음이 드러나도록 표현하면 독자의 추측과 몰입을 유도해 낼 수 있습니다. 작가가 관찰자 시점으로 등장인물의 내면과 상황을 드러내는 것을 우리는 묘사라고 부릅니다.

산경은 이 외에도 자유로운 시점 전환을 제안합니다. 글의 역동성을 더할 수 있기 때문입니다. 일반 소설에서는 이를 초점화라 칭하는데, 산경은 카메라에 비유하여 '누가' '무엇을' 보는가로 설명하고 있습니다.

시점	문장 예시
인물의 시점	동우는 밥을 한술 떠서 입에 넣었다. 목이 메었다.
관찰자의 시점	동우가 밥을 한술 떠서 입에 넣었다. 목이 메었다.

인용문의 '는/가'는 문장에서 주격 조사입니다. 앞 문장은 다음에 이어지는 다른 문장의 내용의 따라 말하는 주체가 바뀌게 됩니다. 첫 번째 문장이 동우가 자신의 상황과 심경을 설명하고 있다면, 두 번째 문장은 동우를 처다보는 다른 사람(아내 등)의 관찰내용과 심경을 설명하고 있습니다. 이처럼 3인칭 시점으로 쓰되, 필요한 장면에서 시점을 바꾸면 장면의 역동성을 줄 수 있습니다.

문장 쓰기

가독성을 높이는 문장은 어떤 문장일까요. 무조건 단문을 써야 하는 것은 아닙니다. 단문이 아니라 좋은 문장을 써야 합니다. 좋은 문장은 잘 읽히는 문장입니다. 여기서는 산경이 제안한 것 중에서 두 가지만 소개하겠습니다.

첫째, 문장에서 의미의 중복을 피해야 합니다. 의미의 중복을 피하면 문장이 간결해집니다. 산경이 제시한 예문을 표로 제시해서 설명해 보겠습니다.

구분	중복의 해결 과정 - 퇴고
예시문	• 덜컹거리며 나가던 수레가 갑자기 멈췄다. • 수레가 멈추자 칼을 뽑은 무인들이 순식간에 나를 포위하며 칼을 겨누고 있었다.
1차 퇴고	'내용 중복' 해결 ⬇ • 덜컹거리며 나가던 수레가 갑자기 멈추자, 칼을 뽑은 무인들이 순식간에 나를 포위하며 칼을 겨누고 있었다.
2차 퇴고	'행동 중복' 해결 ⬇ • 덜컹거리며 나가던 수레가 갑자기 멈추자, 칼을 뽑은 무인들이 순식간에 나를 포위했다. • 덜컹거리며 나가던 수레가 갑자기 멈추자, 무인들이 칼을 겨누며 순식간에 나를 포위했다.
3차 퇴고	'유사 의미 중복' 해결 ⬇ • 갑자기 수레가 멈추자, 무인들이 칼을 겨누며 나를 포위했다.

산경은 한 문장을 3차례에 걸쳐 퇴고합니다. 첫 번째 퇴고에서는 가시적으로 드러나는 동일 어휘의 동일 의미를 하나로 통일합니다. 두 번째 퇴고에서는 '뽑는다', '겨눈다'와 같이 어휘는 다르지만 유사한 의미의 어휘를 뺍니다. 세 번째 퇴고에서는 문맥의 흐름상 수레는 움직이고 있으므로, 수레의 움직임을 설명하는 어휘와 유사 어휘를 뺍니다. 문장의 군살을 제거하고 나면 간결하고 읽기 쉬운 단문이 만들어집니다.

우리는 문장에 불필요한 어휘를 많이 씁니다. 불필요한 어휘는 상당 부분 중복된 내용을 담고 있습니다. 의미의 중복성만 피한다면, 충분히 단문을 쓸 수 있습니다. 의미를 없애거나 축소시키는 것이 아니라, 중복되거나 불필요한 어휘를 쓰지 않아야 합니다. 퇴고 과정은 문장의 군살을 제거하는 과정입니다. 문장의 내용을 구성했다면, 다음으로 문장의 군더더기를 제거하는 과정을 거쳐야 합니다.

둘째, 자신이 아는 단어를 써야 합니다. 작가는 쓰는 사람으로, 모르는 단어는 애초에 쓸 수가 없습니다. 문제는 안다고 생각하는 단어를 '정확하게 알고 있는가'입니다. 나는 단어를 잘 안다고 생각하지만, 실제 뜻은 뉘앙스가 조금 다를 수 있습니다. 어렴풋이 아는 단어라면 꼭 사전을 찾아서 정확한 뜻을 알고 써야 합니다. 독자가 글에서 애매모호하다고 느낄 때 상당 부분은 글 쓰는 사람이 문맥에 맞는 정확한 단어를 구사하지 않은 경우가 많습니다.

5. 작가의 역량은 어디에서 오는가

산경의 웹소설 창작 기술은 '자기에게 맞는 글쓰기', '자기 것으로 소화하기', '이야기 만들고 문장 쓰기' 세 가지로 소개할 수 있습니다. '자기에게 맞는 글쓰기'란 소재 선택이나 캐릭터 설정에 있어서 자신이 가장 잘 쓸 수 있는 것을 선택해야 한다는 것입니다. '자기 것으로 소화하기'는 자료, 영감, 다독 다상량 다작의 과정에서 일련의 것들을 자기 것으로 만들어야 한다는 것입니다. '이야기 만들고 쓰기'는 내용에 맞는 플롯의 선택, 프롤로그와 애필로

그의 적절한 활용, 효과적인 시점의 활용을 제시합니다. 이야기 만들기 못지 않게 중요한 것이 문장 쓰기입니다. 아무리 주제와 플롯이 훌륭해도 문장이 정확하고 간결하지 않으면 읽히지 않는다는 점에서, 문장 쓰기는 창작의 기본입니다.

산경은 마지막 장에서 '세상에 대한 관심을 잃지 말자'라고 제안합니다.

> 작가도 나이를 먹고 독자들도 나이를 먹습니다. 작가는 현재의 독자와 공감대를 공유하면 이 감성을 10년 뒤에도 깨지 않도록 노력해야 합니다. 그러기 위해서는 세상과 동떨어져 사는 작가가 아니라 다양한 분야에 관심을 가지고 현실에서 사는 작가가 되어야 합니다.
>
> 소설의 배경이 판타지든, 무협이든, 현대든, 게이트가 열려 몬스터가 쏟아지는 암울한 세상이든, 우리는 그 속에서 살아가고 있는 사람들의 이야기를 쓰고 있습니다. 그 사람들을 이해하고 글에 녹여내기 위해서는 우리도 세상과 세월의 흐름에 몸을 실어야 합니다.
>
> 가끔은 노트북을 덮고 친구를 만나고 여행도 다니고 신문도 읽고 방송에서 하는 말, 친구가 하는 말 그리고 세상이 하는 말에 귀를 기울입시다. 그래서 10년 뒤의 세상에서도 적합한 글을 쓰는 작가가 됩시다.[3]

지금까지 산경의 웹소설 창작 방법을 소개했습니다. 이 글을 쓰기 위해 웹소설 창작과 관련된 많은 작법서를 봤습니다. 많은 웹소설 작가들이 작법서를 발간하고 자신의 창작 노하우를 공유하고 있습니다. 그중 산경의 작법서가 돋보이는 이유는 웹소설 창작이 글쓰기의 기본에서 출발한다는 것을 전달하고 있기 때문입니다. '작가의 역량이 어디에서 오는가'라는 질문을 던진다면, '내용'과 '문장'에 대한 성실함으로 요약할 수 있습니다. 그것은 웹소설에만 국한되지 않는 모든 글쓰기의 본질입니다.

2장 인간 탐구와 글쓰기

1. '인간'에 대한 이해

영국 작가 서머싯 몸(William Somerset Maugham, 1874~1965)의 『달과 6펜스』를 들어본 적 있지요. 이 작품은 1919년 출간되었고, 한국에는 1950년대 번역됩니다. 이 작품은 한국 독자들에게 널리 사랑받는 고전입니다. 시간과 공간을 초월해서 독자의 사랑을 받는 글의 비결은 무엇일까요. 이 장에서는 서머싯 몸이 64세 때 쓴 회고록 『서밍 업 *The Summing Up*(1938)』을 통해 몸(Maugham)의 글쓰기 비법을 소개하겠습니다.

결론부터 말씀드리면, 그 비법은 인간에 대한 탐구에 있습니다. 그는 소설 창작을 위해 인간을 깊이 탐구했습니다. 보편적인 인간은 물론 세계적으로 유명한 고전 문학을 창작한 작가들의 인간성에도 주목했습니다. 그가 발견한 인간성의 특징은 '일관성의 결여, 정상성의 부재'로 요약할 수 있습니다.

나는 한 평생 일관성을 지키며 살아온 사람을 본 적이 없다. 한 사람 안에 평소와는 영 어울리지 않는 특성이 존재하면서도 그것이 또 그런대로 그럴듯한 조화를 만들어 낸다는 사실은 늘 나를 놀라게 했다. 양립 불가능해 보이는 특성들이 어떻게 같은 사람 안에서 존재할 수 있는지 늘 의문이었다.[4]

정상은 당신이 발견하려고 애쓰지만 별로 발견하지 못하는 그런 것이다. 정상은 이상(理想)이다. 그것은 우리가 인간의 평균적인 특징에 적용하는 그림이고, 모든 정상적인 특징을 한 인간에게서 전부 발견하기를 기대하기란 어렵다.[5]

한 사람의 내면에는 모순되고 전혀 어울릴 것 같지 않은 요소들이 내재해 있습니다. 이기심과 이타심, 이상주의와 감각주의, 허영, 수줍음, 공평무사함, 용기, 게으름, 신경질, 고집스러움, 소심함, 이런 것들이 있는데 흥미로운 것은 이 모든 것들이 그럴듯한 조화를 이루고 있다는 것이지요. 우리 자신도 마찬가지이지요.

우리는 자아실현 과정에서 다양한 기질을 드러내 보입니다. 자기중심주의는 타인에게 분노와 고통을 줄 수 있습니다. 자아실현은 우리가 소유한 모든 능력을 최고조로 끌어올리고 우리의 삶에서 얻어낼 수 있는 쾌락, 아름다움, 정서, 흥미를 모두 획득하는 것입니다. 그런 까닭에 자기실현이라는 목표는 상당한 무자비함과 자기 몰두가 필요하며, 때로는 남들을 불쾌하게 만들고 자기 자신도 둔감하게 만듭니다. 이러한 모순은 선과 악의 존재 양태에서도 드러납니다.

> 악은 모든 곳에 있다. 고통, 질병, 우리가 사랑하는 사람의 죽음, 가난, 범죄, 죄악, 좌절된 희망, 이런 리스트는 끝이 없다.[6]

> 인간이 인간인 이상 그는 자신이 견뎌야 하는 모든 슬픔을 대면할 준비가 되어 있어야 한다. 왜 악이 존재하는지 설명할 수 없다. 그것은 우주 질서에 필요한 하나의 부분으로 인식돼야 한다. 그것을 무시하는 것은 유치한 일이다. 그것을 슬퍼하는 것은 철없는 짓이다.[7]

작가는 일관성이 결여되고 정상성이 부재한 인간을 직시하기 위해 리얼리스트가 되어야 합니다. 사실 소설 뿐 아니라 글을 쓰기 위해서는 리얼리스트가 되어야 하지요. 리얼리스트로서 소설가는 개별적으로 접촉해온 이 세상에 관해 자기가 파악한 있는 그대로의 진실을 제시합니다. 인간이 온전히 선으로만 이루어진 순금의 결정체는 아니며, 선과 악의 혼합물임을 보여줍니다. 도덕이라는 인습적인 틀 안에서는 나쁘다고 배척받지만, 불순물이라 하더라도 인간적이고 자연스러워서 그런대로 정상 참작이 되는 인간의 체질적 특이성을 포용할 수 있어야 합니다.[8]

몸(Maugham)은 도스토예프스키(Fyodor Mikhailovich Dostoevsky, 1821~1881) 문학의 독창성은 선량함이 아니라 악덕에 있다고 보았습니다. 도스토예프스키의 창작 재능은 정상적인 인간의 속성을 희생하고 나서야 창궐하는 질병과도 같이, 온갖 지저분한 악덕들이 혼합된 토양에서 가장 화려하게 만개해 있는 것으로 설명합니다. 개성이라는 것도 예외는 있을망정 대개가 존중할 만한 미덕과 야비한 결점이 결합되어 있습니다.

선(善)은 악(惡)과 혼합되어 있기에 가치를 지닙니다. 우리는 어떤 일이 당시는 물론 장래에도 행복을 가져오지 못한다는 것을 잘 알면서도, 그것이 옳기 때문에 그 일을 선택합니다. 이처럼 선은 인간을 독립적이고 위대하게 만듭니다. 몸(Maugham)은 아름다움, 사랑, 선함 세 가치를 모두 높이 평가하지만, 선함은 아름다움과 달리 완벽할 수 있고 사랑보다 위대하며 시간도 선함의 가치를 위축시킬 수 없다고 보았습니다.

> 요람에서 무덤까지 우리가 불가피한 악으로 둘러싸는 이 무심한 우주에서 선량함은 하나의 도전이나 대답이 아니라 우리 자신의 독립성에 대한 확인이 되어줄 수 있으리라. **그것은 운명의 비극적인 부조리에 대하여 유머가 만들어 내는 대답이다.** 아름다움과는 다르게 선은 지루하지 않으면서도 완벽할 수 있고, 사랑보다 위대하며, 시간도 선의 즐거움을 위축시키지 못한다.[9]

'유머'는 선함이 발현되는 방식 중의 하나입니다. 몸(Maugham)은 진실, 아름다움, 선량함과 같은 미덕 자체에서는 유머를 찾을 수 없다고 봅니다. 유머는 인간 본성의 불일치에서 즐거움을 찾아낼 수 있는 능력입니다. 인간의 본성에는 이질적인 다양한 정서들이 공존하고 있으며, 유머는 겉으로 드러난 모습과 실재 사이의 차이를 수용하는 방식입니다.

현상과 실재의 차이를 어떻게 수용하고 승화시키느냐는 한 인간의 삶에 있어서 중요한 문제입니다. 차이를 고통과 낙담으로, 실패와 좌절로, 원망과 부정으로 치부할 수 있지만, 차이를 만들어내는 현상과 실재를 포용할 수도 있습니다.

"유머 감각은 인간성의 여러 차이점에서 즐거움을 찾아내는 능력이다. 그것은 훌륭한 직업을 불신하며 그 직업에 종사하는 사람들이 감추려는 바람직하지 못한 가치를 찾아내려 한다. 외양과 실제의 차이는 당신을 즐겁게 하고, 그것을 발견하지 못하면 당신은 만들어 낸다."

"당신의 유머 감각에 아무런 도움이 되지 않기 때문에 진실, 아름다움, 선량함 등에는 눈을 감는다."

"어떤 사람을 일면적으로 바라보지 않는 것이 유머 감각을 위해 치러야 할 대가라면 거기에는 가치 있는 보상도 따른다. 당신은 사람들에게 웃음을 터뜨리지만 화를 내지는 않는다. **유머는 관용을 가르치고, 익살꾼은 미소 혹은 한숨을 지으며 어깨를 들썩할 뿐 남들을 매도하지 않는다.** 그는 설교하지 않으며 이해하는 것으로 만족한다. 이해하는 것은 곧 동정하고 용서하는 것이라는 말은 진실이다."[10]

"A sense of humour leads you to take pleasure in the

discrepancies of human nature; it leads you to mistrust great professions and look for the unworthy motive that they conceal; the disparity between appearance and reality diverts you and you are apt when you cannot find it to create it."

"You tend to close your eyes to truth, beauty and goodness because they give no scope to your sense of the ridiculous."

"But if to see men one-sidedly is a heavy price to pay for a sense of humour there is a compensation that has a value too. You are not angry with people when you laugh at them. Humour teaches tolerance, and the humorist, with a smile and perhaps a sigh, is more likely to shrug his shoulders than to condemn. He does not moralize, he is content to understand; and it is true that to understand is to pity and forgive.[11]

유머는 차이를 바라보는 폭넓은 시각에서 나옵니다. 한 인간, 어떤 사물, 어떤 사건의 일면만 바라보는 것이 아니라 겉으로 드러난 면과 다르게 존재하는 실재를 의식하고 수용하는 데서 발생합니다. 그것은 관용입니다. 용서하고 이해하며 수용하는 내적 능력입니다. 화를 내거나 가르치려 들지 않으며 현상을 수용하는 너그러움입니다.

인간은 일관성이 결여되고 정상성을 찾아보기 어려운 존재입니다. 인간을 포함하여 우리 삶에는 선(善)과 악(惡)이 혼재되어 갈피를 잡기 어려울 때가 많지만, 그러한 불일치와 혼종(混種) 속에서도 인간은 유머와 같은 미덕을 통해 관용을 실현할 수 있습니다.

2. '작가'에 대한 이해

몸(Maugham)은 인간을 일관성의 결여, 정상성의 부재로 파악했지요. 이와 연장선에서 작가를 '다중 인격자'로 봅니다. 작가는 자신이 한 사람이 아니라 여러 사람의 인격을 가지고 있기에, 작품에 여러 사람을 창조할 수 있다는 것이지요. 때때로 독자들은 예술가의 삶을 그의 작품과 동일시하려 하나, 작가의 내부에는 한 사람이 아니라 여러 사람이 공존합니다.

명심해야 할 것은 예술가의 목적과 일반인의 목적이 다르다는 것입니다. 예술가는 작품의 생산을, 일반인은 올바른 행동을 인생의 목적으로 삼습니다. 그런 만큼 작가에게 다양한 인격은 오히려 작품을 잘 쓸 수 있는 미덕이 될 수 있습니다. 작가에게 있어서 위대함의 척도는 그가 만들어 낸 자아의 수와 비례한다고도 볼 수 있지요. 소설가는 배우의 캐릭터와 마찬가지로, 그럴 법하지 않는 잡다한 성품이 조화를 이루는 존재입니다.

> 배우가 모든 인물을 거울같이 비추는 것처럼, 소설가는 그가 창작한 모든 인물의 총합이다. 소설가와 배우는 자신이 느끼지 않는 정서를 구체화한다. 창조적인 본능을 만족시키기 위하여 소설가와 배우는 그들 자신의 한 부분을 인생의 바깥에 위치시키고서 인생을 묘사한다.[12]

몸(Maugham)은 『불멸의 작가 위대한 상상력Ten Novels and Their Authors(1954)』(개마고원, 2008)에서 10명의 작가를 선정하여 작가별로 대표작을 소개합니다. 각 작가들의 대표작에는 작가의 기질과 다양한 인격이 제시되어 있다고 설명합니다.

> 작가들은 모두 진실을 말하려고 노력하지만, 불가피하게도 자신들이 지닌 기질이라는 색안경을 통해 진실을 보고 있을 뿐이다.
>
> — (중략) —
>
> 그들의 작품이 그토록 지속적이고 강하게 독자들을 매료시키는 까닭은, 그들이 가지고 있는 비범한 개성이 이끄는 데 따라 삶을 보고 판단하고 묘사함으로써 그 작품에 독특한 성격을 부여하기 때문이다.
>
> 결국 **작가들이 독자에게 줄 수 있는 것이라곤 자기 자신뿐이어서, 시대가 변하고 삶의 습관과 사고방식이 새로워져도 몇몇 소설들이 여전히 매력을 잃지 않는 것은 바로 그 작가들이 비범하고 강력하고 독특한 인물들이었기 때문이다.**[13]

스탕달(Stendhal, 1783~1842)은 꾸며내는 재주가 그다지 뛰어나지는 않았으나 사물의 속성을 정확히 간파해내는 재능을 지녔습니다. 게다가 복잡 미묘하고 변덕이 심하여, 기괴하기 짝이 없는 인간의 마음을 꿰뚫어 보는 날카로운 통찰력을 지녔습니다. 『적과 흑』에서 주인공 줄리앙은 놀라운 기억력, 용기, 소심함, 야심, 예민

한 감수성, 회전이 빠른 두뇌, 의심 많은 성격, 허영심, 화를 잘 내는 성격, 파렴치함, 은혜를 모르는 성격 등을 지니고 있는데, 이는 모두 작가 자신이 지니고 있던 것들입니다. 줄리앙이 사심 없고 자비로운 태도에 감동해 눈물을 흘릴 줄 아는 정신적 능력 역시 작가 스탕달의 내면에 있던 것입니다.

에밀리 브론테(Emily Jane Brontë, 1818~1848)도 『폭풍의 언덕』에서 자신의 영혼 깊숙이 숨겨진 곳에서 히스클리프와 캐서린 언쇼를 드러냈습니다. 한 인간 안에 다양한 인격이 존재하듯이, 작가들은 다중 인격을 가지고 있습니다.

> 인간이란 서로 모순되는 여러 요소들로 구성된 존재다. 우리의 내부에는 여러 인격들이 함께 거주하고 있으며, 그들은 매우 불가사의한 우정을 보여주고 있다.
>
> 작가라는 존재의 독자성은 자기 안에 혼재하는 서로 다른 인격들을 다양한 작중인물들로 객관화해내는 능력에 있다. 반면에, 작가의 불행은 이야기에 아무리 필요한 인물이라 해도 그가 자기 안에 한 부분으로 들어 있지 않은 경우에는 그를 생생한 인물로 묘사할 수 없다는 데 있다.[14]

몸(Maugham)은 소설가의 필수 자질로 '문장'이 아니라 예리한 관찰력과 인식 능력, 풍부한 창의력과 지력, 경험을 이용할 수 있는 능력, 무엇보다 인간의 본성에 대해 깊은 관심을 강조합니다. 작가는 이러한 능력들의 결합으로 특별한 소설가가 되는 것입니다.

그들은 사람과 장소에 대한 체험, 자신에 대한 이해, 사랑, 증오, 깊은 생각, 순간적으로 지나가는 공상 등을 활용하여 한 작품, 다음 작품, 또 다른 작품에서 인생의 그림을 계속 그려 나갑니다. 지성보다도 감정, 열정, 상상력, 관찰력과 같은 기량이 요구됩니다.

> 그러나 비록 지성이 그들의 강점은 아니라고 해도, 그들은 좀 더 유용한 재능으로 이를 만회할 수 있었다. 즉 그들의 감정은 강하고 심지어는 열정적이기까지 했으며, 풍부한 상상력과 날카로운 관찰력을 가지고 있었고, 또한 자신이 창조한 인물의 입장에 서서 그들이 기뻐하면 함께 즐거워하고 그들이 고통받으면 함께 괴로워할 수 있었다. 또한 궁극적으로는 자신이 보고 느끼고 상상한 것을 구현하고 형상화하는 힘을 가지고 있었다.[15]

작가의 감정, 열정, 상상력, 관찰력은 부단한 노력을 거쳐 작품이 됩니다. 직접적인 경험뿐 아니라 남한테 들은 것일지라도 자신을 크게 흔들어 놓은 감정적 경험도 중요합니다. 그런 다음에는 상상력이 산통(産痛)을 거듭하는 가운데 인물과 사건이 조금씩 꼴을 갖추어 가다가 제 모습을 완전히 구비한 소설이 탄생합니다. 작가는 부단히 새로워지기 위해 노력하고, 영혼을 새로운 체험으로 풍요롭게 채워 나갑니다.

소설가는 날 것 그대로의 사실들이 지닌 납득되지 않는 측면들을 교정합니다. 신, 운명, 우연 등 우리가 그것을 뭐라고 부르든 간에, 인간의 삶을 지배하는 모든 신비스러운 힘들을 이야기로 창조해내는 것은 쉽지 않습니다. 갈등, 좌절된 희망, 적대적인 세계에 적응하려는 분투 등 작가의 체험을 거치면서 '개성'이 형성되고, 작가의 개성을 거치면서 감정, 열정, 상상력, 관찰력은 작품으로 태어납니다.

작가는 자신의 인생 경험과 관찰, 인간성에 대한 지식, 타고난 직관을 한땀 한땀 쌓아 올려 작품을 구축해 나갑니다. 인생을 그대로 베끼지 않고 주어진 재료들을 자기의 특이한 기질에 따라 배치합니다. 화가가 붓과 물감으로 생각하듯 소설가는 '스토리'를 가지고 자기 목적에 맞게 수정하고 재구성합니다. 소설가의 인생관과 성격은 스토리 안에 존재하는 일련의 인간적 행동들을 통해 표출됩니다.

그렇다고 작가에게 고통만 있는 것은 아닙니다. 창작은 고통과 동시에 희열을 줍니다. 작가는 '창작'을 통해 자신을 옥죄는 부담으로부터 영혼을 해방 시킵니다. 내부의 힘이 그를 압박하여 그의 개성이 밖으로 드러날 수 있도록 만듭니다. 설령 독자가 작품에서 그가 찾고자 하는 것을 발견하지 못하더라도, 작가는 작품을 통해 자기 영혼을 해방하고 그 과정이 자신의 미적 감각에 부합한다면 그것으로 충분히 보상받은 것입니다. 그들의 인생이 하나의 비극일지라도, 창조적 재능을 통해 카타르시스에 도달할 수 있습니다. 몸(Maugham)은 톨스토이(Count Lev Nikolayevich Tolstoy 1828~1910)의 『전쟁과 평화』를 설명하면서 다음과 같이 말합니다.

모든 창조적인 작가의 작품은 적어도 어느 정도 본능, 욕망,

> 백일몽, 그 밖에 그 무엇으로 부르든 간에 작가가 어떤 이유에서건 억압하고 있던 것을 승화시킨 것이다. 작가는 그렇듯 억압당한 것들에게 문학적 표현을 부여함으로써 그것들을 더 자유롭게 행동으로 풀어놓으려는 강박으로부터 해방된다.[16]

다중 인격자인 작가 안에는 여러 명의 인격체가 생동하고 있습니다. 그들에게 감정과 열정을 불어넣고, 다양한 사건의 옷을 입혀 소설이 완성됩니다. 그러므로 창작은 단순히 문장을 쓰는 능력이 아니라 문장 안에 담기는 생생한 인간과 삶의 실체를 담아낼 수 있어야 합니다. 그것은 소설 창작에만 국한된 것은 아닙니다. 모든 글쓰기의 기본 전제입니다. 글쓰기에서 형식을 위한 형식은 없습니다. 어떤 말, 어떤 주제를 전달할 것인가. 그 내용에서부터 글쓰기가 시작됩니다.

3. '예술'에 대한 이해

몸(Maugham)은 예술의 가치를 다음과 같이 두 가지로 판단합니다. '지금 여기에서 우리에게 미학적인 흥분을 주는가' '그 흥분은 우리를 움직여서 구체적인 행동에 나서게 할 수 있는가' 예술을 비롯한 인간이 만든 문화는 생활을 위한 것이며, 아름다움이 아니라 선량함을 지향해야 합니다. 그것을 보는 사람의 인품을 강화하여 올바른 행동으로 나아가도록 해야 한다는 것이지요. 인간의 성품을 고상하게 하거나 강화하지 않는다면 의미가 없다고 말입니다.

> 나는 예술작품이 인간의 행위로 만들어 낸 최고의 결과물이자 인간의 비참함, 끝없는 노고, 좌절된 노력을 최종적으로 정당화하는 것이라고 생각했다. — (중략) — 나중에는 아름답게 살아 낸 삶도 예술작품에 포함함으로써 이런 과도한 생각을 다소 수정하기는 했지만, 그래도 나는 아름다움을 높이 숭상한다.[17]

몸(Maugham)은 예술이 사람들을 올바른 인품과 행동으로 이끌 수 있어야 한다고 봅니다. 대중의 비난을 두려워 해서도 안되며, 열정과 격렬함으로 평가받아야 합니다. 대중은 예술이 현실 도피를 제공한다면 당시에는 환영할 것이나, 영혼을 풍요롭게 하고 인품을 넓혀주는 작품과 대비될 때는 그것을 시시한 예술품으로 치부해 버립니다. 예술은 특정 집단의 전유물이 아니라, 모든 사람이 즐길 수 있으며 동시에 인품을 강화하여 그들이 올바른 행동을 하는데 선도해야 합니다.

> 예술은 열정과 격렬함으로 평가받아야지, 대합실의 비난을 두려워하는 맥없고 자조적인 우아함을 숭상해서는 안 된다.[18]

> 만약 작품이 현실 도피를 제공한다면 그는 그것을 환영할 것이다. 하지만 이 경우 그 작품은 시시한 예술품으로 치부될 것이다. 만약 작품이 그의 영혼을 풍요롭게 하고 그의 인품을 넓혀준다면 그것을 위대한 작품으로 평가할 것이다.[19]

예술이 위대한 생의 가치로 인정받으려면 사람들에게 겸손, 관용, 지혜, 아량 등을 가르칠 수 있어야 한다. 예술의 가치는 아름다움이 아니라 올바른 행동이다.[20]

나는 아름다움이 특정 집단의 전유물이라는 것을 믿을 수 없었고, 특수한 훈련을 받은 사람에게만 그 모습을 드러내는 예술은 그것이 호소하는 특정 집단만큼 별 볼 일 없다고 생각한다. 예술은 모든 사람이 즐길 수 있을 때만 위대하고 유의미한 것이다.[21]

미적 정서는 사람을 감동시킵니다. 그것은 다양하면서도 서로 모순적인 요소들로 구성된 복잡한 현상입니다. 우리는 책을 읽으면서 편안함과 안정감을 느끼고, 필자를 통해 어떠한 힘을 감지하기도 합니다. 또한 기존의 규범으로부터 해방의 기쁨을 맛보기도 하고, 텍스트에 구현된 대상에 대해 동정과 공감을 느끼기도 합니다. 미적 정서는 정신적인 초연함 속에서 이루어지므로 평화롭습니다.

그것은 편안한 느낌이고, 그 속에서 나는 어떤 힘을 느끼고 또 인간의 굴레에서 해방되는 것을 느낀다. 동시에 인간적인 동정심이 가득한 부드러운 심성을 느낀다. 나는 편안하며 평화롭다고 느끼지만 정신적으로는 초연하다.[22](379면)

몸(Maugham)은 소설가인 만큼 소설의 가치를 상세히 설명합니다. 소설이 젊은 독자들에게 현실을 자각하게 하고, 살아갈 수 있는 지혜를 제공해 줄 수 있다고 봅니다. 각자 자신에게 놓여 있는 인생이라는 과업에서 최대 이익을 만들어 나갈 수 있는 혜안을 제공할 수 있습니다. 리얼리스트로서 소설가는 현실에서 자신이 탐구한 경험을 바탕으로, 젊은이들에게 세상을 살아가고 인생을 가꾸어 나갈 수 있는 지혜를 제시할 수 있습니다.

만약 타인으로부터 기대할 것은 거의 없으며

인간은 누구나 자기 자신에게 관심을 갖는다는 점을 처음부터 깨닫도록 가르칠 수 있다면,

또한 재산·명예·사랑·명성 등 그들이 얻는 것이 무엇이든간에 그에 대한 대가를 어떤 식으로든 지불해야 한다는 점을 가르칠 수 있다면,

그리고 이에 더해 그것이 어떤 것이든 본래의 가치보다 더 많은 대가를 지불하지 않도록 하는 데 지혜의 대부분을 가르칠 수 있다면,

리얼리스트는 교육자니 설교자니 하는 사람들을 합친 것보다 더 많은 도움을 주게 되어 젊은이들로 하여금 인생이라는 이 어려운 사업에서 가능한 한 최대한의 이익을 도모할 수 있도록 해줄 것이다.

그렇지만 그는 이렇게 덧붙일 것이다. 자기는 교육자나 설교자가 아니라 한 사람의 예술가이기를 희망한다고.[23]

젊은이들을 타락시킨다는 비난에 대해서는 어떻게 변호할 수 있느냐고 질문을 받으면,

젊은이들이 장차 대처해 나가야 할 세상이 도대체 어떻게 생겨먹은 것인지 미리 배워두는 것은 썩 유익한 일이라고 그는 대답할 것이다.

젊은이들이 세상에 대해 너무 많은 기대를 품고 있다가는 비참한 결과에 이르게 될지도 모르니까 말이다.[24]

몸(Maugham)은 예술이 한 사람의 인생을 의미있게 바꿀 수 있다고 봅니다. 그것은 교육이나 설교의 방식이 아닙니다. 소설은 유익한 지식을 입맛에 맞도록 잼을 발라 소화하기 좋게 가루로 빻아서 먹여준다는 것이지요. 이를 위해 작가는 당연히 창작 방법을 고안해야 합니다.

예컨대 플롯은 독자의 흥미를 유도하는 진행 방향으로, 작가가 원하는 분위기를 독자의 마음에 불러일으키면서 독자를 한 페이지에서 다음 페이지로 넘어가도록 글을 써야 합니다. 주제에 부응하여 일관성과 개연성을 갖추어야 하지만, 적절히 조종하여 독자의 주의를 사로잡아 작가가 독자에게 폭력을 가했다는 것을 깨닫지 못하게 해야 합니다. 소설의 주된 관심사인 캐릭터(등장인물의 성격)의 발전을 충분히 보여줄 수 있어야 하고, 완결성을 통해 소설의 말미에 이르러서는 인물들에 대한 질문이 더 이상 나오지 않도록 해야 합니다.

『서밍 업(1938)』은 "문장과 소설과 인생에 대하여"라는 부제를

가지고 있으며, 문장, 연극, 소설, 인생 전체 4개의 장으로 구성되어 있습니다. 몸(Maugham)은 소설을 써야 하는 작가들에게 문장이 무엇인지 설명하면서 글을 시작하지만, 종국에는 문장이 아니라 인간이 어떠한 존재이며 작가는 이러한 인간을 소설에 담아내기 위해 어떠한 노력을 기울이는지, 그렇게 만들어지는 작품이야말로 한 인간의 실제 삶을 변화시킬 수 있음을 말하고 있습니다. 작가가 리얼리스트로서 주어진 삶을 통찰하고 그것을 대중이 소화하기 쉬운 형태의 예술로 제시한다면, 잘 만들어진 예술은 사람을 움직이고 바꿀 수 있습니다. 비단 소설(예술) 뿐 아니라 잘 쓴 글은 사람들에게 영향을 미칠 수 있습니다.

3장

자기 성찰과 공감을 얻는 글쓰기

1. 경험과 글쓰기

좋은 글은 사람을 변화시킬 수 있습니다. 어떤 글이 사람들에게 감화를 주는 걸까요. 독자와 교감하고 변화를 이끌 수 있었던 이유는 무엇일까요. 이 장에서는 공감을 주는 글의 특징에 대해 소개하겠습니다. 신영복(1941-2016)의 책은 글쓰기 태도를 배우기에 적절한 텍스트입니다. 그의 저서 『감옥으로부터의 사색』(1988)은 명저(名著), 신(新)고전으로[25] 명명될 뿐 아니라 역사적 가치를 지닙니다.

신영복의 경험은 그의 글쓰기의 출발이자 동력이 되었습니다. 신영복에 관한 논의는 사상[26], 서체[27], 수사학[28] 관점에서 이루어졌습니다. 이 글에서는 문장가로서 신영복의 글쓰기 태도를 탐구하고, 공감을 얻는 글은 어디에서 오는지 알아보겠습니다.

우선 신영복(1941-2016)은 어떤 사람일까요. 그는 1960년 서울대 경제학과에 입학하여 대학원을 나왔습니다. 1968년 통일혁명당 사건으로 구속되어 무기징역형을 선고받았고, 복역한 지 20년 20일째 되던 1988년 8월 15일 특별 가석방으로 출소했습니다. 1989년부터 성공회대학교 사회과학부 교수로 재직하면서 글을 기고하였으며 2016년 작고했습니다.

그의 삶은 20년 단위로 구분할 수 있습니다. 첫 번째는 정규 제도권에서 공부했던 20년, 두 번째는 감옥에서 성찰했던 20여년, 세 번째는 대학 강단에서 학생들을 가르치면서 삶의 현장을 직접 탐방한 20년으로 나뉩니다. 그중 20여년 옥중 경험은 글쓰기의 출발점입니다. 그전까지 그는 세상을 관념적으로 이해해 왔다면, 이후에는 오감과 체험으로 세상을 공부해 나갑니다. 독자들은 그의 지식이 아니라 경험에 교감했습니다.

그는 출간을 목적으로 글을 쓰지 않았습니다. 옥중에서 가족(부모, 형님, 계수, 조카)에게 근황을 알리기 위해 글을 썼으며, 처음에는 『평화신문』에 4회 연재되면서 독자들에게 알려졌습니다. 그는 1988년 광복절 특사로 20년 20일 만에 석방되었습니다. 그해 9월 5일 햇빛출판사에서 『감옥으로부터의 사색』이 첫 출간되어 대중에게 반향을 불러일으켰습니다. 10년 후인 1998년에는 새로 발견된 메모 노트와 편지글을 더해 증보판이 나왔습니다. 개정판에는 무기징역을 선고받고 수감되기 2~3일 전에 쓴 수필 「청구회 추억」이 실려 있습니다. 「청구회 추억」은 수감되기 전 어린 소년들과 함께 했던 추억과 그들에 대한 그리움을 담고 있는 수필입니다.

출감 후에는 국토 전역을 여행하며 여행지에서 성찰을 담은 글이 신문에 연재되었으며 이후에는 『나무야 나무야』(1996), 『더불어

숲』(1998), 『변방을 찾아서』(2012)로 출간되었습니다. 『나무야 나무야』는 『중앙일보』(1995.11~1996.8)에 연재되었는데 대중의 큰 호응을 받았고, 국내 기행의 성과를 바탕으로 '새로운 세기를 찾아서'라는 제하로 세계 기행을 준비하게 되었습니다. 『중앙일보』에 1년간 연재한 후, 1998년 6월 29일 『더불어 숲』으로 출간되었습니다. 『변방을 찾아서』(2012)는 자신이 쓴 글씨가 있는 곳을 찾아, 글씨에 얽힌 이야기를 소개한 것으로 『경향신문』에 연재되었습니다. 고전을 강의한 강의록이 『강의』(2004), [29] 『담론』(2015)으로 출간되었습니다.

에세이 형식의 『처음처럼』(2007/2016년 개정판)은 대중에게 널리 사랑과 관심을 받았습니다. 이 책에 담긴 소재와 에피소드는 이전 다른 저서에서 선보인 바 있으나 저자가 다시금 강조하려는 바를 싣고 있습니다. 개정판은 신영복이 2015년 11월 병상에 있을 때 새로 추리고 수정, 보완하여 건네준 원고를 출판사 돌베개가 새로 엮은 것입니다. 개정판은 전체 구성이 대폭 바뀌었으며, 새로 쓴 글들이 추가되어 초판에 비해 3분의 1가량이 늘었습니다. 제목을 바꾸거나 내용 첨삭 및 그림 교체가 이루어졌습니다. 2016년 작고하기 직전까지 저자의 세계관과 글쓰기 태도를 반영하고 있으므로, 신영복 글쓰기의 전모를 파악하기에 적합합니다. 이 글에서는 2016년 개정판 『처음처럼』(돌베개)을 중심으로 다른 글도 참고하였습니다.

2. 공간성

신영복의 글에서 공간은 중요합니다. 글의 다수가 '감옥'과 '여행'이라는 특수한 공간에서 쓴 것입니다. 장소(place)가 사람이 거주할 수 있는 곳이라면 공간(space)은 움직일 수 있는 능력에 의해 주어지는 것입니다. 장소가 구획되고 인간화되어 기존의 가치들이 자리잡고 있다면 공간은 움직임이 일어나는 곳입니다. 공간은 우리의 감각과 정신의 특징을 반영하므로[30], 공간에 대한 인식은 사고를 틀에 가두지 않고 유연하게 합니다. 공간에 대한 인식은 글의 내용과 주제에도 영향을 미칩니다.

'감옥'에서 글쓰기가 시작되었다는 점은 주목해야 합니다. '감옥'은 사회로부터 단절된 공간입니다. 신영복은 육체적 자유 대신 인식의 자유를 찾아 나섭니다. 김동인이 「태형」(『동명』1922.12~1923.2)에서 보여준 것처럼, 감옥은 육체 감금의 고통으로 인해 정신 생활을 영위하기 어려운 공간입니다. 한여름, 좁은 감방에 빼곡히 들어찬 수형자들은 육체적 고통으로 인간의 품위를 유지하기 힘듭니다. 신영복은 고립과 단절이라는 장소의 한계에 매몰되지 않고 인식의 지평을 넓혀 나갑니다.

여기에서 '성찰'이 시작됩니다. '감옥'은 알몸의 인간을 사유할 수 있는 또 다른 방식의 사회적 공간이 됩니다. 사회의 표식이 제거되고 적나라한 인간 본성으로 존재하는 '인간학의 교실', 제도권 교육에서 배우지 못한 깨달음을 주는 큰 배움의 공간 '대학(大學)'이 됩니다.

> 예순 노인에서부터 이십 대의 젊은이에 이르는 이십여 명의 식구가 한 방에서 숨길 것도 내세울 것도 없이 바짝 몸 비비며 살아가는 징역살이는 사회와 역사를 배우는 훌륭한 교실이 됩니다. 바깥 사회와는 달리 일체의 도덕적 포장이나 의상을 훨훨 벗어 버리고 이(利)·해(害)·호(好)·오(惡)가 적나라하게 표출되는, 그야말로 인간학(人間學)의 교실이 됩니다. 알몸은 가장 정직한 모습이며, 정직한 모습은 공부하기 쉽습니다.[31]

사회의 바깥에서, 역사의 변방에서, 신영복은 사회와 역사 이전에 만들어진 인간의 정직한 모습을 마주합니다. 몸은 감옥에 있지만, 자아는 끊임없이 공간을 이동하여 성찰합니다. 감옥은 더 이상 갇힌 곳이 아니라 갱생(更生)의 공간으로 거듭납니다. 변화의 공간으로서 '변방'의 의미를 통찰하며 정주하지 않고 새로운 세계로 변화와 도약을 시도합니다. 성찰은 '장소성'에서 '공간성'으로 인식의 지평을 넓혀 나가는 것입니다.

신용복에게 '변방'은 공간 개념을 넘어서서 '변방성'이라는 성찰의 준거로 확장됩니다.[32] '변방성'은 실재하는 '중심'으로부터 거리를 두어 사유하고 대상을 객관적으로 조망하고 분석할 수 있는 인식의 틀이 됩니다. '감옥'이라는 변방에서 사유가 시작되었지만, 출옥 후에는 국토의 변방을 두 발로 탐방하며 '변방성'을 사유하게 됩니다.

> 누구도 변방이 아닌 사람이 없고, 어떤 곳도 변방이 아닌 곳

이 없고, 어떤 문명도 변방에서 시작되지 않은 문명이 없다. 어쩌면 인간의 삶 그 자체가 변방의 존재이기도 하다. 그런 점에서 변방은 다름 아닌 자기 성찰이다.[33]

'모든 공간은 변방이다'는 공간 인식을 필두로 자기 성찰을 시작합니다. 출옥 후 국토의 변방을 돌며 '삶'을 둘러싼 공간을 사유하고 알아 나갑니다. 서울대학교 <관악초청강연>에서 법과대학 학생이 '주변'을 성찰할 수 있는 방법을 묻자 '마이너리티가 되어보기(becoming minority)'를 제안합니다.[34] 그것은 변방 세계와 하나가 되어보는 것입니다. 변방 의식은 자아와 세계 간의 지속적인 통찰이며 새로운 영토를 찾아가는 탈주와 수행의 시작이 됩니다.

그는 자연의 생장을 소개하며 "봄이 가장 먼저 오는 곳은 사람들이 가꾸는 꽃 뜰이 아니라 멀리 떨어져 있는 들판", "사람들의 시선을 빼앗는 꽃이 아니라 이름 없는 잡초"임을[35] 직시하며 변방이 지닌 선도적인 창조성을 일깨웁니다. 봄을 알리는 것은 쇼윈도와 정원의 꽃이 아니라 들판의 이름 없는 들꽃입니다. 새로움의 시작은 변방에서 촉발되며 문명과 도시는 이를 가공합니다. 중심이 지키기에 급급한 완고를 보이는데 비해 변방은 변화와 창조가 가능한 공간입니다.

'성을 쌓는 자는 망하고
길을 떠나는 자 흥하리라'
유목주의의 금언입니다.

창조는 변방에서 이루어집니다.
중심부는 지키는 것에 급급할 뿐입니다.
변방이 창조공간입니다.

그러나 변방이 창조공간이 되기
위해서는 결정적인 전제가 있습니다.
중심부에 대한 콤플렉스가
없어야 합니다.

콤플렉스가 청산되지 않는 변방은
중심부보다 더욱 완고한
교조(敎條)의 아성이 될 뿐입니다.[36]

사회라는 제도는 '중심' 위주로 운영됩니다. '중심'은 체제의 동일화를 요구합니다. 때때로 중심 밖의 마이너리티에게 열등감을 조장하고 수치심을 유발하기도 합니다. 특정한 중심의 반복이 '제도'로 고착될 때 사회는 획일화 되고 전체주의가 됩니다. 신영복은 독자들에게 자기 콤플렉스를 청산하고 공간에 대한 창조적인 사유을 권고합니다. 자신이 발 딛고 있는 그곳이 바로 새로운 변화가 시작되는 창조의 공간이자, 이 세계를 새로운 방향으로 이끌어나갈 수 있는 변화의 터전이라고 말입니다. '중심'도 그 시작은 변방에 기원을 두고 있습니다. 중심이 자기 복제와 잉여 생산을 반복하지 않도록 '변방 의식'을 염두에 두어야 합니다.

성찰은 자신이 서 있는 공간에서부터 시작됩니다. 신영복은 이를 '여행'에 비유합니다. '여행'을 "자기 자신의 정직한 모습으로 돌아오는 것", "우리의 아픈 상처로 돌아오는 것"으로 설명합니다.[37] 요컨대 여행은 타자와 세계를 경유하여, 자신에게 돌아오는 여정이지요.

> 여행은 떠나고 만나고 돌아오는 것입니다. 종착지는 자기 자신으로 돌아오는 것, 변화된 자기로 돌아오는 것입니다. 이러한 구조는 비단 여행에서만 확인되는 것은 아닙니다. 생각하면 여행만 여행이 아니라 우리의 삶 하루하루가 여행이라고 생각합니다. 소통과 변화는 모든 살아 있는 생명의 존재형식입니다.[38]
>
> 여행은 돌아옴(歸)입니다. 나 자신으로 돌아옴이며 타인에 대한 겸손한 이해입니다. 정직한 귀향이며 겸손한 만남입니다.[39]

겉으로 드러난 것에 매몰되어 대상을 이해하지 않도록, 지금 자신이 있는 공간을 직시하고 그곳을 통찰해야 합니다. 중심에 가려 보이지 않던 변방의 가치를 볼 수 있어야 합니다. 만약 신영복이 '감옥'을 중심부에 대한 콤플렉스로 사유했다면, 고착된 '장소성'에 갇혀 있었다면, 그는 결코 변방의 창조성을 자각하지 못했을 것입니다. 공간에 대한 인식은 성찰과 글쓰기의 출발이 됩니다.

3. 서사성

두 번째 특징은 서사성입니다. 신영복의 글이 공감을 자아내는 이유는 서사성을 갖추고 있기 때문입니다. 인물, 사건, 배경이라는 세 가지 요소를 갖추고 있습니다. 인간은 서사적 존재입니다. 인간 경험의 시간적 특성과 어떤 스토리를 이야기하는 활동 간에는 필연적인 상관관계가 존재합니다. 시간은 서술적 형식으로 엮어짐으로써 인간의 시간이 되며, 이야기는 시간의 실존 조건이 됨으로써 충만한 의미를 발휘하게 됩니다.[40]

서사는 무엇인가를 전달하기에 유용한 방식입니다. 우리가 세계와 삶을 이해하는 과정에도 서사 형식이 자리 잡고 있습니다. 우리는 이야기라는 창을 통해 세계와 삶을 바라봅니다. 스토리는 두 개 이상의 사건을 시간적 흐름으로 연결한 것입니다. 여기에는 '사건'과 관련된 '인물'과 '배경'이 결합하게 됩니다. 스토리는 누군가에게 들려주는 형식을 갖게 되면서 서사(narrative)가 성립됩니다. 서사란 결국 '이야기 하기'로서 스토리를 서술하는 것입니다.[41]

『처음처럼』의 3부는 감옥을 배경으로 수형(受刑) 생활 중인 다양한 인물들이 등장합니다. '감옥'이라는 큰 학교에서 발견한 진실이 구체적인 인물의 말과 행동을 통해 전달됩니다. 각각의 작품은[42] 한 편의 서사로서 작중 인물은 인간의 대표성을 지니는 동시에 제각각 개성을 구비하고 있습니다. 예컨대 「치약 자존심」은 기존 재소자와 신입자 간의 갈등을 보여줍니다. 신입자는 다른 재소자의 호의를 냉정하게 거부하며 양자 간에 긴장을 연출합니다. 그는 살아가는 데는 물질도 필요하지만 떳떳한 '자존심'도 더 큰 힘이 될 수 있음을 보여줍니다.

다른 사람한테 받으면 꿀린다는 것이었습니다. 러닝셔츠를 받으면 그 좁은 방 잠자리에서 자기 몸도 맘대로 운신하지 못한다고 했습니다. 세상에서 밀리고 밀려서 여기까지 와서 또다시 꿀린다는 것은 정말 죽기보다도 더 비참하다는 것이었습니다. 러닝셔츠 없어도, 치약 없어도 떳떳한 게 차라리 낫다는 것이었습니다. 그가 조리 있게 설명하지는 않았지만, 물질적 조건이 나아지는 것도 어려움을 견디는 데 도움이 되겠지만 차라리 그런 것이 없더라도 떳떳한 자존심이 역경을 견디는 데 더 큰 힘이 된다는 것이었습니다.[43]

「노랑머리」에서 '노랑머리'도 삶에서 터득한 자기 철학을 보여줍니다. 그녀는 창녀촌에서 약을 복용하고 도루코 면도날로 제 가슴을 자해하여, 뒷골목 건달들의 착취로부터 자신을 지켜 냅니다. '온몸으로 내어던지는 이 처절한 저항'은 척박한 삶으로부터 자신을 지켜 내기 위해 스스로 터득한 보호색입니다. 선불리 정숙한 부덕(婦德)의 잣대를 들이대어 노랑머리 창녀를 교화하려 해서는 안 됩니다. 오히려 노랑머리는 스스로 찾아낸 자기 신념으로 남루한 밑바닥 생활을 지켜내고 있습니다.

그러므로 똥치골목, 역전 앞, 꼬방동네, 시장골목, 큰집 등등 열악한 삶의 존재 조건에서 키워 온 삶의 철학을 부도덕한 것으로 경멸하거나 중산층의 윤리 의식으로 바꾸려는 여하한 시도도 그 본질은 폭력이고 위선입니다. — (중략) — 사상이란 그것의 내용이 우리의 생활 속에서 실천됨으로써 비로소 완성되는 것이라는 사실 때문입니다. 생활 속에서 실현된 것만큼의 사상만이 자기 것이며 그 나머지는 아무리 강론하고 공감하더라도 결코 자기 것이 아닙니다.[44]

서사성은 인물, 사건, 배경을 지니고 있으며, 그 안에 삶의 철학을 담아낼 수 있습니다. 신영복은 똥치골목, 꼬방동네, 시장골목이라는 열악한 삶의 조건을 '배경'으로 왜소한 '인물(인간)'이 자기를 지켜나가는 '사건(과정)'에서 자기 철학을 터득하고 이를 실행해 옮기고 있음을 보여줍니다. 서사성(인물·사건·배경)은 인식과 실천을 연결해주는 구체적인 매개가 됩니다.

「대의」에서 나는 학교에서 배운 관념적 지식의 한계를 자각합니다. 절도 전과자 '정대의(鄭大義)'를 보고 "그 친구를 볼 때마다 대의를 위해서 살기를 바라고 대의라고 이름 지었을 그 할아버지가 얼마나 속상할까"라며 그를 재단하고 평가했으나, 그의 이력을 알고는 숙연해졌습니다. 그는 돌이 안된 어린 아기일 때 광주 도청 대의동(大義洞) 파출소에 버려졌으며, 당직 순경의 성을 따서 '정대의(鄭大義)'라는 이름을 갖게 되었던 것입니다.

"고아원에서 자란 그 삼십 년이라는 세월이 어떤 아픔과 고뇌로 얼룩졌는지" 모른 채 얕은 지식으로 한 사람을 판단했다는 부끄러움으로 자탄합니다. "언어와 마찬가지로 문자와 논리가 만들어 내는 지식인의 심볼리즘이 얼마나 허약한 것인가."[45] 감옥이라는 '대학(大學)'에서 나는 자신의 앎이 얼마나 창백하고 얕으며 자기중심적인지 깨닫습니다. '정대의' 이야기는 관념적 지식인의 불완전성과 앎의 수행적 가치를 제기합니다.

「치약 자존심」에서 신입 재소자, 「노랑머리」에서 노랑머리, 「대의」에서 정대의는 인간학 교실의 주인공들입니다. 그들은 변방에 있는 인물이면서 동시에 인간의 보편성을 재현하는 전형적 인물입니다. 신영복은 자신이 몸담은 시대와 현실을 고뇌하고, 그 과정을 구체적인 '서사' 형식으로 전달합니다. 감옥이라는 공간적 배경에서 제시된 인물과 사건은 나의 경험에 그치지 않고, 보편적 인간이 도달해야 하는 삶의 윤리를 보여줍니다. 글은 구체적이어야 공감을 얻을 수 있습니다. 서사성은 글의 내용을 전달하는 장치로서 독자들에게 구체성 외에도 진정성을 전달합니다.

4. 수행성

세 번째 특징은 수행성, 실천입니다. 글을 쓸 때는 지식보다 실천을 염두에 두어야 합니다. 생활 속에서 터득하여 실천 가능한 신념이 공감을 자아냅니다. 머리의 언어가 아니라 실행하는 발길과 손길이 사람의 마음을 움직입니다. 신영복은 실천의 가치를 다음과 같이 묘사합니다.

징역살이에서 느끼는 불행의 하나가 바로 이 한 발걸음이라는 외로운 보행입니다. 실천과 인식이라는 두 개의 다리 중에서 실천의 다리가 없기 때문입니다. 사람은 실천을 통하여 외계의 사물과 접촉함으로써 인식을 갖게 되며, 이 인식을 다음 단계의 실천에 적용하고 그 실천 과정에서 인식의 진리성이 검증되는 것입니다. 실천은 인식의 원천인 동시에 진리성의 규준이 됩니다. 이러한 실천이 배제된다는 사실은 곧 인식의 좌절, 사고의 정지를 의미하기 때문입니다.[46]

인식보다 '실천'이 선행합니다. 실천이 지속되면서 인식의 진리성이 확보됩니다. 그러므로 실천은 인식의 원천인 동시에 진리를 판별하는 준거가 됩니다. 그는 『논어』의 '學而時習之'의 '習'을 실천으로, '時'를 적절한 시기로 해석합니다.[47] "학(學)하되 사(思)하지 않으면 어둡고 사(思)하되 학(學)하지 않으면 위태롭다(子曰 學而不思 則罔 思而不學 則殆 「爲政」)"에서도 '思'를 생각, 사색이 아닌 경험적 사고와 실천의 의미로 읽습니다. 글자의 구성을 밭의 마음(田+心)으로 보고, 노동의 가치와 실천의 현장성을 중시합니다. '學'이 보편적 사고라면 '思'는 과거의 실천이나 이를 기억하는 주관적 관점으로 읽습니다.[48]

'사상의 존재 형식'은 담론이 아니라 실천이며, 실천된 것은 검증된 것입니다.[49] 실천하지 않는 사상은 현실에 없는 것이며, 검증도 안 되었기에 무가치합니다. 『담론』의 첫 번째 장 「가장 먼 여행」에서도 '머리-가슴-발'로 이어지는 실천과 변화를 강조하고 있습니다.[50] 글도 마찬가지입니다. 실천을 염두에 둔 글이 공감을 얻을 수 있습니다.

신영복은 언어의 나열보다 언어 없는 움직임과 실천을 공부의 으뜸으로 보았습니다. 개정판 『처음처럼』(2016)은 여백과 그림이 많은 데 비해, 단어는 간결하고 짧게 구사되어 있습니다. "기본적으로 언어는 무엇을 지시하는 것", "언어가 지시하는 대상을 찾아내고 그 대상에 대한 청자와 화자의 합의가 도출되어야 하는 것" 일 뿐 "될 수 있으면 언어를 적게, 그리고 느리게 사용"할 것을 제한합니다.[51] 아무리 출중한 단어를 구사하더라도 그 단어가 연상시키는 경험 세계와 소통이 이루어지지 않는다면 아무 소용이 없다는 것이지요.

> 팽이가 가장 꼿꼿이 서 있는 때를 일컬어 졸고 있다고 하며 시냇물이 담(潭)을 이루어 멎을 때 문득 소리가 사라지는 것과 같이 묵언(黙言)은 역동(力動)을 준비하는 내성(內省)의 고요입니다.[52]

침묵은 역동(力動)을 위한 내성의 시간입니다. 움직임을 위한 힘을 준비하는 성찰의 시간입니다. 침묵을 표현하는 또 하나의 말 '묵언'에는 실천과 수행이 내포되어 있습니다. 글은 간결하고 쉬워야 실천이 용이합니다. 가장 적은 양의 언어로 의도를 전달할 수 있어야 합니다. 신영복은 수필집 『처음처럼』에서 최소의 언어로 그가 지향하는 세계를 담아내고 있습니다.

신영복은 자기 수행을 으뜸으로 삼았습니다. "특히 먼 길 가는 데는 자기가 가는 길이 떳떳해야지, 다른 사람들에게 흔들리지 않을 확실한 자기 철학"이 있어야 하며 "그러기 위해서는 자기의 이유, 다른 사람의 이유가 아니라 자기의 이유"로[53] 걸어갈 것을 권고합니다. '자유(自由)'를 자기(自己) 이유(理由)로서 설명합니다. 그는 감옥에서 면벽수행을 합니다.

> 기상 시간 전에 옆 사람을 깨우지 않도록 조용히 몸을 뽑아 벽에 기대어 앉으면, 싸늘한 벽의 냉기가 나를 깨우기 시작합니다.
>
> — (중략) —
>
> 끊임없는 시작이, 매일매일의 약속이, 과정에 널린 우직한 아픔이 우리의 깊은 내면을, 우리의 높은 정신을 이룩하는 것임을 모르지 않으면서, 스스로 충동에 능(能)하고, 우연에 승(勝)하고, 아픔에 겨워하며 매양 매듭 고운 손, 수월한 안거(安居)에 연연한 채 한 마리 미운 오리새끼로 자신을 가두어 오지 않았는지----겨울바람은 겨울 나그네가 가장 먼저 듣는 법. 세모의 맑은 시간에 나는 내가 가장 먼저 깨달을 수 있는 생각에 정일(精一)하려고 합니다.[54]

수행성은 신영복의 번역서에도 엿볼 수 있습니다. 그는 중국 현대 휴머니즘 문학의 기수 다이허우잉(戴厚英, 1938~1996)의 소설 『사람아 아, 사람아!』와 중국 근대 지식인 루쉰(鲁迅, 1881~1936)의 전기 『루쉰전』을 번역했는데, 모두 실천적인 지식인입니다. 루쉰의 세계 인식 방법론을 '도저한 부정과 회의의 정신'으로 보고 루쉰을 일컬어 자신을 반성하고, 부정할 수 있으며, 통찰하고, 참회에 이르게 하는 지식인으로 소개합니다.[55] 눈앞에 보이는 것, 기존의 가치, 편안한 관행, 기정 사실, 대다수가 가고 있는 방향을 다시금 뒤집어 보고, 회의하고, 연구하며, 부정하는 정신은 수행성의 기반입니다.

수행은 연대와 합치됩니다. 다양한 관계에서 함께 할 때 역동적인 힘을 발하기 때문입니다. 자신의 신념을 외부로 넓혀 나갑니다. '나'라는 존재는 자신이 만난 수많은 사람들과 겪었던 수많은 사건들로 구성되어 있습니다. 곧 개인의 정체성(identity)에는 자신이 맺고 있는 사회성(sociality)이 내재해 있습니다.[56]

> 변화는 결코 개인을 단위로, 완성된 형태로 나타나는 것은 아니다. 모든 변화는 잠재적 가능성으로 그 사람 속에 담지 되는 것이다. 그러한 가능성은 다만 가능성으로 잠재되어 있다가 당면한 상황 속에서, 영위하는 일 속에서 그리고 함께하는 사람과의 관계 속에서 발현되는 것이다.[57]

> 낙락장송이나 명목이 나무의 최고 형태가 아니라 나무의 완성은 숲이라고 생각하는 것이지요. 개인의 경우도 같습니다. 사람들의 관계 속에 설 때 비로소 개인이 완성되는 것이지요.[58]

인간의 정체성은 자신이 맺고 있는 관계를 통해서 생성(being)됩니다. 시간(時間), 공간(空間), 인간(人間) 등 모든 존재는 그 자체가 아니라 다른 것과의 '사이'가 본질일 수 있습니다. 모든 존재는 관계가 조직됨으로써 생성됩니다. 수많은 인간관계 속에서 인격이 자리 잡습니다.[59] 관계의 방식으로서 연대는 낮은 곳으로 향해야 합니다.[60]

하방연대는 '노자의 물(上善若水)'에 대한 사유에서 왔습니다. 이 사회에 약한 자가 다수이며 이들이 현실의 토대를 구성하고 있습니다. 물과 같이 낮은 곳으로 향하는 연대야말로 역량의 진정한 결집 방법입니다.[61] 수행의 정점이 인간, 공존, 평화, 자유, 생명, 여린 것의 존엄함이 지켜지는 것이라면 '여럿이 함께'는 이를 행하는 방법입니다. 글쓰기는 자기 수행을 포함하여 함께 하기를 염두에 두어야 보편성과 진실성을 얻을 수 있습니다.

5. 공간성·서사성·수행성의 일치

글쓰기에서 공감을 형성하는 요인으로 공간성, 서사성, 수행성을 들었습니다. 사실 세 가지는 독립된 것이 아닙니다. 한 편의 글은 세 가지 모두가 일치를 이루어야 합니다. 이러한 일치를 통해 독자들은 글을 신뢰하고 깊이 글에 감응합니다. '공간성'은 서사성이 구현되는 배경으로서, '서사성'은 '수행성'을 전제로 구체적인 과정을 보여주는 것입니다. 요컨대 좋은 글은 '수행'을 전제로, 자신이 존재하는 '공간'을 사유하고 '서사'라는 구체적인 요소를 갖추어야 합니다. 다음 일화를 볼까요.

이 이야기는 매우 사소한 일화입니다만 우리 집에 전기 공사를 할 때의 일입니다.

— (중략) —

집에 책이 많은 걸 보고 그 수리공이 내게 학교 선생이냐고 물었어요. 그렇다고 대답했더니 그의 말인즉 선생은 참 좋겠다고 부러워했어요. 그런데 그가 부러워하는 이유가 무척 철학적이었습니다.

— (중략) —

"책상에서는 한 가지이지만 실제로 일해 보면 열 가지도 넘는다"는 것이 그 이유였어요. 교실보다는 현실이 훨씬 더 복잡하다는 것이지요.

그가 주장하는 바는 요컨대 이론은 주관적이고 실천은 결코 주관적일 수가 없다는 것이었습니다. 관념적일 수 없다는 것이지요.

— (중략) —

그는 확인 사살하듯이 못 박았어요.

"머리는 하나지만 손은 손가락이 열 개나 되잖아요."

내가 반론을 폈지요.

"머리는 하나지만 머리에는 머리카락이 얼마나 많은데요?"

그의 대답은 칼로 자르듯 명쾌했습니다.

"머리카락이요? 그건 아무 소용없어요. 모양이지요. 귀찮기만 하지요."

그렇습니다. 생각하면 머리카락이란 이런저런 모양을 내면서 결국 '자기(自己)'를 디자인하고 합리화하는 것에 지나지 않는

지도 모릅니다. 그 수리공도 모자를 쓰고 있었어요.[62]

신영복의 글에서 수행성은 특정 공간에 기반하여, 서사적인 사건으로 제시됩니다. 수행성은 글쓴이의 의식 변화에서부터 시작되고 있습니다. 지식인과 노동자를 '머리'와 '손', '머리카락'과 '손가락'으로 비교합니다. 수리공은 자기를 디자인하고 합리화하는 '머리카락'이 모자로 덮여있음을 보여줍니다.

공간성, 서사성, 수행성의 삼일치는 그의 붓글씨에도 찾아볼 수 있습니다. 필재(筆才)에 대한 단상에서도, 손끝의 기교가 아니라 어눌하지만 혼신의 힘과 정성을 다해 온몸으로 쓴 글씨가 '단련의 미'를 자아냅니다[63]. 그는 글씨를 통해 시각적 효과 및 단어의 표면적 의미 전달에 그치지 않고, 실재하는 공간과 구성원들의 바람을 담습니다.

나는 아예 '서울'이라는 글자를 북악과 한강으로 형상화하기로 하고 시필(試筆)하였다.

— (중략) —

여러 차례 실패를 거듭한 끝에 '서'자를 산처럼, 그리고 '울'자를 강물처럼 나름대로 형상화하였다.

— (중략) —

북악은 왕조를 상징하고 한수는 민초를 상징한다. 북악은 5천년 동안 백성들의 고통에 무심하셨지만 한수는 민초들의 애환을 싣고 700리 유정하게 흐르고 있다.[64]

신영복의 서체 '서울'

신영복은 '서울'을 '산과 강'이라는 이미지로 형상화했을 뿐만 아니라, 한국의 역사적 정체성을 담아냈습니다. '산'은 국가와 권력으로, '강(물)'은 국민(시민)과 그들의 애환으로, 이 땅을 구성하는 존재와 그 존재의 지향점을 글씨체에 담아냈습니다. 그는 이 글씨를 서울시 시장실에 기증하면서 "경복궁과 청화대로 상징되는 북악이 정치권력의 상징이라면"[65] "멀리 낮은 곳으로 흐르는 한강이야말로 우리가 회복해야 할 소통과 화해의 상징"으로, "서울시청이 북악이기보다는 한강수"이기를 소망합니다.[66]

국가와 시민이 '인물(캐릭터)'이라면 유구한 역사는 '사건'이며 산과 강은 인물이 살아가는 터전으로서 '공간(배경)'입니다. 글씨에서 인물(국가, 시민)은 공간(강, 산)과 동일시되고 있습니다. 글씨로 구현된 서사성은 현존하는 국가와 방향성을 제시하고 있습니다. 붓글씨에도 공간성, 서사성, 수행성이 내재해 있습니다.

이 지점에서 공감을 형성하는 세 요인이 인문학(Humanities, Arts, Liberal Arts)과 무관하지 않음을 지적할 필요가 있습니다. 글쓰기의 공감을 형성하기 위한 공간성, 서사성, 수행성 세 가지는 인문학적 성찰의 방법이기도 합니다. 인간의 삶과 근원적인 문제를 탐구하기 위해서는 자신에 대한 성찰을 기반으로, 몸담고 있는 공간과 관계를 알고 가치를 실천해 나가야 합니다.

4차 산업혁명과 AI시대에는 '인간다움'이라는 인간 정체성이 절실하게 요구됩니다. 기술이 자본의 노예가 되어서는 안 되듯이, 인문학이 새로운 상품과 아이디어 창안의 도구에 그쳐서는 안 됩니다.[67] 갇혀 있는 '생각'의 물꼬를 트고 갇혀 있는 '인간'을 해방시킬 수 있어야 합니다. 글쓰기는 자기 안에 갇혀 있는 '인간'을 해방시킴으로써 글을 쓰는 자신은 물론 그것을 읽는 독자들에게 감응과 울림을 제공할 수 있습니다. 시장의 가치로 환원될 수 없는 주체의 자기 인식을 불러일으킬 수 있습니다. 글을 읽는 독자들에게는 공감을 주고 각자에게 내재해 있는 자기의 가치를 소환해 낼 수 있습니다.

6. 성찰, 공간성·서사성·수행성의 출발점

사람을 변화시킬 수 있는 글은 어떤 특징을 가지고 있을까요. 지금까지 신영복의 글을 통해 글쓰기에서 공감을 형성하는 요인이 무엇인지 탐구했습니다. 첫째, 자신이 있는 공간을 성찰할 수 있어야 합니다. 일의적인 장소성에 매몰되지 않고, 인식의 지평을 넓혀 그곳을 사유할 수 있어야 합니다. 둘째, 서사성을 갖추어야 합니다. 구체적으로 전달할 때 진정성이 드러납니다. 셋째, 수행성을 염두에 두고 써야 합니다. 자기 수행을 포함하여 함께 하기를 염두에 두어야 보편성과 진실성을 얻을 수 있습니다.

신영복의 글은 공간성, 서사성, 수행성 삼자가 일치되어 있습니다. 감옥에서 시작된 공간에 대한 사유는 변방의식으로 확장되어, 독자들에게 성찰의 기회를 제공합니다. 전형과 개성을 구비한 인물과 그들이 벌이는 사건을 통해 서사성을 갖추고 삶의 방향성을 제시합니다. 공간성과 서사성은 수행성을 전제로 합니다. 여럿이 함께하는 연대를 통해 창조적인 변화를 끌어낼 수 있습니다.

공간성, 서사성, 수행성의 삼일치는 글쓰기의 공감 형성 요인이면서, 동시에 '인간'과 '인간의 삶'을 다루는 인문학과도 통합니다. 우리는 자신이 존재하고 있는 공간을 자기 힘으로 직시하고 표현할 수 있어야 합니다. 개별적이고 특수한 사실을 서사성을 통해 객관화 시킬 수 있어야 합니다. 인물, 사건, 배경은 전달하려는 바의 구체성과 실현 가능성을 보여줍니다. 아무리 훌륭한 내용을 담았다고 해도, 글쓴이 자신의 수행이 전제되어 있지 않으면 글은 신뢰를 얻을 수 없습니다. 자기 실천을 전제로 할 때 공동체의 동참과 변화를 끌어낼 수 있습니다.

다른 사람을 변화시킬 수 있는 글쓰기는 자기 성찰에서부터 시작됩니다. 독자의 공감을 얻는 글쓰기는 글쓴이 자신이 몸담은 공간과 현실에 대한 깊은 사유가 전제되어야 합니다. 글쓰기는 글의 기본 형식과 기술 방식도 익혀야 하지만, 그에 앞서 자신, 타자, 세계와 공감을 끌어낼 수 있는 주체의 자기 성찰이 선행해야 합니다.

쓰는 과정에서 성찰할 수 있습니다.

고쳐 쓰는 과정에서 새로운 통찰에 이를 수 있습니다.

다시 쓰는 과정에서 자기를 객관화하고, 공간성, 서사성, 수행성을 갖추게 될 것입니다.

주석

1부 내가 성장하는 글쓰기

1 고려대 ChatGPT 등 AI의 기본 활용 가이드라인(2023.3.15.고지)

2 부산대학교 AI 올바른 활용 위한 가이드라인(2023.3.30.고지) 부산대학교에서는 'AI 활용 원칙'과 'AI 활용에 대한 우리의 다짐'을 제시했다. 'AI 활용 원칙'으로 제시한 지성(Intelligence), 창의성(Creativity), 인간성(Humanity), 다양성(Diversity), 공공성(Publicity), 책임성(Responsibility)은 ChatGPT를 선두로 향후 출현할 AI 도구 활용의 전제와 방향성이라 할 수 있다.
https://www.pusan.ac.kr/kor/CMS/Board/Board.do?mCode=MN109&mode=view&board_seq=1489116(2023. 11.19)

3 국민대학교 챗GPT 대학생 윤리선언문 선포, 인공지능 교수학습 활용 가이드라인 채택.(2023.3.2)
https://www.kookmin.ac.kr/comm/board/user/505778f2d4a04163de6ee5fee35d9bb9/view.do?dataSeq=1074448
https://www.kookmin.ac.kr/comm/menu/user/89bdc36e40697dd8ad9e6cb0d423bc9c/content/index.do (2023. 11.19)

4 대학별 홈페이지 참조.(2023년 11월 19일 기준, 강조는 필자)

5 월터 카우프만·이은정 옮김, 『인문학의 미래-왜 인문학을 가르치고 배워야 하는가』, 동녘, 2011, 28~36면.

6 안미영, 「대학의 교양교과로서 문학교육의 방향성 탐색- 건국대학교 글로컬캠퍼스를 중심으로」, 『현대문학이론연구』59, 현대문학이론학회, 2014, 153~182면.

7 헤르만 헤세·김지선 옮김, 『헤르만 헤세의 독서의 기술』, 뜨인돌, 2016, 10면. 1911년 7월 16일 〈신 빈 일보 Neues Wiener Tagblatt〉에 '책읽기Bücherlesen'라는 제목으로 게재.

8 카뮈의 『페스트』 읽기 열풍은 일본, 미국, 유럽에서도 유사하게 나타났다. 박해현, 「유럽도, 미국도 읽는다. 지구촌은 지금 '페스트 열풍'」, 『조선일보』, 2020. 3.30.

9 알베르 카뮈·김화영 옮김, 「작가연보」, 『페스트』, 민음사, 2020, 474면.

10 알베르 카뮈·김화영 옮김, 『페스트』, 민음사, 2020.

11 편집부, 「"부조리 철학" 까뮤의 푸르필」, 『동아일보』, 1957, 10.19.

12 "'이상한 형태의 사랑'에 대한 그의 통찰이 나로 하여금 한국 전선의 참호와 벙커에서의 허무주의를 극복할 수 있게 해준 알베르 카뮈에게" 김은국·도정일 옮김, 『순교자』, 문학동네, 2011.

13 알베르 카뮈·김화영 옮김, 『페스트』, 민음사, 2020, 12면.이하 작품인용은 이 책으로 하되, 인용문 말미에 페이지 수만 밝힘. 많은 번역본이 나왔지만, 2020년을 기준으로 김화영의 번역본을 제외한 판매 5순위는 다음과 같다. 문학동네(우호식 역, 2015), 열린책들(최윤주 역, 2014), 문예출판사(이휘영 역, 2012), 별글클래식파스텔에디션(한수민 역, 2018), 더스토리(변광배 역, 2020)의 순이다.

14 작품 어휘의 빅데이터 분석 결과, 고통과 불안에 대한 어휘가 다양하게 제시되어 있다. "구토, 고통, 고난, 통증, 힘듦, 한탄, 탄식, 피로, 피곤 등의 어휘가 제시되어 있으며, 전염에 대한 공포와 불안이 담겨 있는 고립, 봉쇄, 기다림, 절망 등을 의미하는 어휘가 제시되어 있다. 반면 희망, 기대, 행복과 같은 어휘는 빈도수도 약하고 다양한 어휘로 소개되지 못하고 있다.(438면) 민진영, 「포스트 코로나 시대 알베르 카뮈의 『페스트』에 관한 탐색적 빅데이터 분석」, 『The Journal of the Convergence on Culture Technology(JCCT)』, 국제문화기술진흥원, 2021, 432~438면.

15 오한진, 「작품으로 본 고전적 교양소설들」, 『독일 교양소설 연구』, 문학과지성사, 1989, 49면.(Vgl.Jürgen Jacobs: Wilhelm Meister und seine Brüder. München 1983. S.271.)

16 카뮈·김화영 옮김, 「예술가와 그의 시대-1957년 12월 14일의 강연」, 『스웨덴 연설·문학비평』, 책세상, 2007, 37면. "극좌와 극우 모두를 전체주의라고 비판하면서 그가 이룬 것은 새로운 이념이 아니라 고전적 윤리"라고 본다.(정명환 외, 「카뮈, 공산주의, 한국전쟁」, 『프랑스 지식인들과 한국전쟁』, 민음사, 2003, 242면.)

17 변광배는 자원보건대의 핵심인물 네 사람을 일컬어 형제애와 연대의식으로 맺어진 '반항하는 우리'라고 명명한다.(187면) 변광배, 「알베르 카뮈의 페스트:나, 우리, 반항」, 『외국문학연구』53, 한국외국어대학교 외국문학연구소, 2014.2, 173~192면. 문미영은 각기 다른 주인공이지만 모두 페스트와 싸우는 한 명의 주인공 리유이기도 하고 작가 자신으로 본다.(14면) 문미영, 「코로나 시대에 『페스트』 다시 읽기를 통한 소고」, 『한국프랑스학논집』113, 2021.2, 1~22면.

18 6월경, 파늘루는 신부는 다음과 같이 설교한다. "바로 그와 똑같은 죽음의 사냥이 오늘날 우리 시의 거리거리에서 이루어지고 있습니다. 보십시오. 루시퍼처럼 아름답고 악의 권화처럼 찬란한 저 페스트의 천사를 보십시오. 여러분의 집 지붕 위에 서서, 오른손에는 붉은 창을 머리 높이까지 쳐들고 왼손으로는 여러 집들 중 하나를 가리키고 있습니다. 지금 이 순간에 아마도 그의 손가락이 당신의 문을 향해서 뻗치고 창은 나무 대문을 두드리고 있을지도 모릅니다. 또 이 순간에, 여러분의 집에 들어간 페스트가 당신들의 방에 앉아서 당신들이 돌아오기를 기다리고 있을지도 모릅니다. 페스트는 참을성 있게, 그리고 조심스럽게 마치 이 세상의 질서 그 자체처럼 태연자약하게 거기에 있습니다. 여러분에게 뻗칠 그 손은 지상의 그 어떤 힘도, 그리고 똑똑히 알아 두십시오, 저 공허한 인간의 지식조차도 여러 분으로 하여금 그것을 피하게 할 수는 없습니다. 그리고 피비린내 나는 고통의 타작마당에서 두들겨 맞아, 여러분은 짚과 함께 버림받을 것입니다."(130~131면)

19 카뮈 · 김화영 옮김, 「스웨덴 연설」, 『스웨덴 연설·문학비평』, 책세상, 2007, 11면. 이하 인용문에 페이지 수만 부기함.

2부 타인에게 통하는 글쓰기

1 황순원, 「물 한 모금」, 『국어교과서 작품읽기-고등소설』(하), 창비, 2011, 91~92면.

2 황순원, 위의 책, 93면.

3 이토 마모루 김미정 역, 『정동의 힘』, 갈무리, 2015, 16~67면 참조. 이하 이토 마모루의 정동 개념은 이 책을 참고함.

3부 고수들에게 배우는 시간

1 책은 다음과 같이 총 18개의 장으로 구성되어 있음.
(1) 내가 가장 잘 쓸 수 있는 이야기를 써라
(2) 캐릭터에 나 자신을 투영해보자
(3) 이야기를 전개하는 다섯 가지 방식

(4) 플롯은 간략하게 큰 그림만 그리자
(5) 아는 만큼 쓸 수 있다
(6) 잘 모르는 분야의 이야기는 어떻게 쓸까
(7) 프롤로그는 작품의 첫인상이다
(8) 가독성을 높이려면 좋은 문장을 써라
(9) 이야기를 서술하는 네 가지 시점
(10) 작품이 더욱 깊고 풍성해지는 디테일
(11) 장면을 어떻게 구성할 것인가
(12) 이렇게 웹소설 작가가 되어간다
(13) 전업작가라면 한 번에 무조건 5, 000자는 써라
(14) 많이 읽고, 많이 쓰고, 많이 생각하라
(15) 전업작가로 먹고살 수 있을까
(16) 하루도 쉬지 말고 주 7회 연재하라
(17) 독자와 함께 나아가는 길
(18) 웹소설이 드라마가 되기까지

2 산경, 『실패하지 않는 웹소설 연재의 기술』, 위즈덤하우스, 2020, 161면.

3 산경, 『실패하지 않는 웹소설 연재의 기술』, 위즈덤하우스, 2020, 225면.

4 서머싯 몸·이종인 옮김, 『서밍 업-소설과 인생에 대하여』, 위즈덤하우스, 2018, 92면.

5 위의 책, 29면.

6 위의 책, 335면.

7 위의 책, 361면.

8 서머싯 몸·권정관 옮김, 『불멸의 작가 위대한 상상력』, 개마고원, 2008, 70면. 『서밍업THE SUMMING UP(1938)』은 몸의 가치관이 집약되어 있으며, 이러한 가치관이 문학비평으로 제시된 것이 『불멸의 작가 위대한 상상력』이다. 몸의 가치관을 부연하기 위해 『불멸의 작가 위대한 상상력Ten Novels and Their Authors(1954)』도 참고함.

9 서머싯 몸·이종인 옮김, 『서밍 업-소설과 인생에 대하여』, 위즈덤하우스, 2018, 389면. 강조는 필자.

10 위의 책, 89~90면.

11 Maugham, W. Somerset, The Summing Up, Melbourne, London, Toronto: Heinemann, 1951.
(https://gutenberg.ca/ebooks/maughamws-summingup/maughamws-summingup-00-h.html 최종업데이트 2016, 5.17)

12 위의 책, 145면.

13 서머싯 몸·권정관 옮김, 『불멸의 작가 위대한 상상력』, 개마고원, 2008, 493~494면. 강조는 필자.

14 위의 책, 377면.

15 위의 책, 482면.

16 위의 책, 454면.

17 서머싯 몸·이종인 옮김, 『서밍 업-소설과 인생에 대하여』, 위즈덤하우스, 2018, 375면.

18 위의 책, 114면.

19 위의 책, 235면.

20 위의 책, 381면.

21 위의 책, 382면.

22 위의 책, 379면.

23 서머싯 몸·권정관 옮김, 『불멸의 작가 위대한 상상력』, 개마고원, 2008, 70~71면. 의미 전달을 위해 배열을 인위적으로 구분함.

24 서머싯 몸·권정관 옮김, 『불멸의 작가 위대한 상상력』, 개마고원, 2008, 70면. 의미 전달을 위해 배열을 인위적으로 구분함.

25 이훈성, 「우리 시대의 명저50:신영복의 '감옥으로부터의 사색」, 『한국일보』, 2007, 5.10.; 김형찬, 「[책 읽는 대한민국/21세기 新고전 50권]〈44〉감옥으로부터의 사색」, 『동아일보』, 2009, 10.8.

26 그는 경제와 사회에 대해서는 정치경제학적 입장, 인간과 인간 그리고 인간과 사회에 대해서는 관계론에 기반한 입장을 보임. (김호기, 「진보주의의 새로운 지평」, 『신영복 함께 읽기』, 돌베개, 2006, 27면.) 강수진은 이러한 사상적 토대를 보다 구체적으로 분석함.(강수진, 「관계, 非근대를 조직하다: 신영복의 관계론과 인간적 삶의 조직」, 성공회대 NGO 대학원 석사학위논문, 2013.)

27 김성장, 「신영복 한글 서예의 사회성 연구」, 원광대학교 서예문화학과 석사학위논문, 2008; 김은숙, 「신영복의 삶과 서예관에 관한 연구」, 원광대학교 교육대학원 석사학위논문, 2003.

28 신영복은 대상의 속성을 유추함으로써 구체적이고 특수한 경험을 보편적이고 일반적인 차원으로 풀어씀. 이승후, 「세속에 던지는 자연과 역사의 물음-신영복의 『나무야 나무야』를 중심으로」, 『한국문예비평연구』, 한국현대문예비평연구회, 2001, 175면.

29 프레시안 창간 2001년 9월부터 2008년까지 프레시안 고문을 맡았으며, 창간과 더불어 2001년 9월 24일부터 2003년 4월 7일까지 1년 6개월 남짓 166회에 걸쳐서 '신영복 나의 고전 강독'을 연재했으며, 2004년 12월에는 단행본 『강의』로 출간됨.

30 이-푸 투안·구동회/심승희 옮김, 『공간과 장소』, 대윤, 1995, 1995, 29~34면.
31 신영복, 『처음처럼』, 돌베개, 2016, 167면.
32 신영복, 『변방을 찾아서』, 돌베개, 2012, 26~27면.
33 신영복, 『변방을 찾아서』, 돌베개, 2012, 13면.
34 신영복, 『여럿이 함께 숲으로 가는 길』, 서울대학교출판문화원, 2010, 115~116면.
35 신영복, 『담론』, 돌베개, 2016, 90면.
36 신영복, 『담론』, 돌베개, 2016, 156면.
37 신영복, 『담론』, 돌베개, 2016, 146면.
38 신영복, 『담론』, 돌베개, 2016, 324면.
39 신영복, 『더불어숲』1·2, 중앙M&B, 1998, 11면.
40 폴 리쾨르 / 김한식·이경래 옮김, 「시간과 이야기」, 『시간과 이야기』1, 문학과지성사, 2012, 125.
41 김민수, 『이야기, 가장 인간적인 소통의 형식』, 거름, 2002, 34.
42 「개가모 접견」, 「대의」, 「노인의 진실」, 「집 그리는 순서」, 「양말 향수」, 「치약 자존심」, 「건빵 조목사」, 「축구 시합 유감」, 「노인 독서」, 「노랑머리」, 「서울의 얼굴」, 「물탄 피」, 「떡신자」, 「변소문」, 「만기 인사」, 「아이리쉬 커피」에는 다양한 인물 군상이 등장한다.
43 신영복, 『처음처럼』, 돌베개, 2016, 194면.
44 신영복, 『처음처럼』, 돌베개, 2016, 203면.
45 신영복, 『처음처럼』, 돌베개, 2016, 187면.
46 신영복, 『처음처럼』, 돌베개, 2016, 222면.
47 신영복, 『강의』, 돌베개, 2004, 143~145면.
48 위의 책, 179~180면.
49 신영복, 『강의』, 돌베개, 2004, 510면.
50 신영복, 『담론』, 돌베개, 2016, 13~22면.
51 신영복, 『처음처럼』, 2016, 142면.
52 위의 책, 78면.
53 신영복, 『변방을 찾아서』, 돌베개, 2012, 78면.
54 신영복, 『담론』, 돌베개, 2016, 180면.
55 왕스징·신영복/유세종 옮김, 『루쉰전』, 다섯수레, 2007, 6~7면.
56 신영복, 『변방을 찾아서』, 돌베개, 2012, 52~53면.
57 신영복, 『담론』, 돌베개, 2016, 219면.
58 신영복, 『여럿이 함께 숲으로 가는 길』, 서울대학교출판문화원, 2010, 56면.
59 신영복, 『담론』, 돌베개, 2016, 198~199면.

60 위의 책, 249면.

61 신영복, 『강의』, 돌베개, 2004, 288~290면.

62 신영복, 『강의』, 돌베개, 2004, 183~184면.

63 신영복, 『변방을 찾아서』, 돌베개, 2012, 105면.

64 위의 글, 123~124면.

65 위의 글, 126면.

66 위의 글, 131면.

67 스티븐 잡스를 비롯하여 많은 사람들이 상품화의 전략으로 인문학을 도구화 했다. "그런데 인문학이 뜨고 있다. 인문학을 불온하게 여겼던 바로 그 이유가 인문학의 가치를 높이고 있다. 경영학만으로 해결하기 어려운 문제를 인문학이 보완해주기 때문이다. 혼돈의 시대에는 더이상 전통적인 경영학 기법이 통하지 않는다. 속도, 효율, 물신주의, 시장 논리가 한계를 드러내고 있다." (강원국, 『회장님의 글쓰기』, 메디치, 2014, 83~84면.)

처음 실린 곳

1부

1. 글쓰기, 자기 형성의 과정: 「글쓰기의 수행성」(『대학 글쓰기』, 역락출판사, 2017), 「글의 힘」(『대학 글쓰기』, 역락출판사, 2022), 「현행 대학 교육에서 ChatGPT 활용 실태」(『어문연구』59, 어문연구학회, 2024)
2. 말하기를 통한 글쓰기: 「인터뷰를 활용한 글쓰기 수업모형 고찰」(『우리어문연구』, 우리어문학회, 2016.9), 「말과 글」(『대학 글쓰기』, 역락출판사, 2017), 「'쉼'은 '멈추는 것'이 아니라 '나를 돌아보는 시간'이다」(한국사고와표현학회, 2024.7 웹편지)
3. 읽기를 통한 글쓰기: 「효연에게」(『대학지성 In&Out』, 2023, 4.23), 「고전 읽기를 통한 시민의식 교육 일고」(『문화와융합』, 한국문화융합학회, 2018.12), 「인문 고전(古典) 텍스트의 공감 요인」(『리터러시연구』12권2호, 한국리터러시학회, 2021), 『서구문학수용사』(역락, 2021)

2부

1. 사실 전달하기: 「설명하는 글쓰기」(『대학 글쓰기』, 역락출판사, 2017), 「목적에 맞는 글쓰기」(『대학 글쓰기』, 역락출판사, 2022), 「현행 대학 교육에서 ChatGPT 활용 실태」(『어문연구』59, 어문연구학회, 2024)
2. 의견 전달하기: 「시대와 공감하는 글쓰기-비평적 글쓰기의 실제」(『대학작문』, 대학작문학회, 2016.9), 「주장하는 글쓰기」(『대학 글쓰기』, 역락출판사, 2017), 「목적에 맞는 글쓰기」(『대학 글쓰기』, 역락출판사, 2022), 『밀레니얼 세대 청춘 시학』(소명출판, 2022)
3. 차이를 만드는 글쓰기 전략: 「감각을 깨우는 글쓰기 교수법 연구」(『리터러시 연구』, 한국리터러시학회, 2019.8), 『밀레니얼 세대 청춘 시학』(소명출판,

2022), 『문화콘텐츠 비평』(역락출판사, 2022), 『소설, 의혹과 통찰의 수사학』(소명출판, 2014)

3부

1. 웹소설 창작과 글쓰기: 「웹소설 창작은 글쓰기의 기본에서 출발한다」(『리터러시 연구』, 한국리터러시학회, 2023.4)
2. 인간 탐구와 글쓰기: 「창작의 근원으로서 인간에 대한 탐구」(『리터러시 연구』, 한국리터러시학회, 2024.4)
3. 자기 성찰과 공감을 얻는 글쓰기: 「글쓰기의 공감형성 요인 분석」(『대학작문』, 대학작문학회, 2017.9)

모두 책의 방향성에 맞추어 수정했으며, 일부는 책의 예문으로 활용함.